U0655362

愿你野蛮生长

最终闪闪发光

李娜 著

图书在版编目（C I P）数据

愿你野蛮生长，最终闪闪发光 / 李娜著. -- 青岛 : 青岛出版社，2019.5
ISBN 978-7-5552-7688-3

Ⅰ. ①愿… Ⅱ. ①李… Ⅲ. ①散文集－中国－当代 Ⅳ. ①I267

中国版本图书馆CIP数据核字(2018)第237514号

书　　名　愿你野蛮生长，最终闪闪发光
著　　者　李　娜
出版发行　青岛出版社
社　　址　青岛市海尔路182号（266061）
本社网址　http://www.qdpub.com
邮购电话　010-85787680-8015　13335059110
　　　　　0532-85814750（传真）　0532-68068026
责任编辑　郭东明
责任校对　胡　方
特约编辑　郭红霞
排版设计　李红艳
印　　刷　三河市鹏远艺兴印务有限公司
出版日期　2019年5月第1版　2019年5月第1次印刷
开　　本　32开（880mm×1230mm）
印　　张　9.5
字　　数　100千
书　　号　ISBN 978-7-5552-7688-3
定　　价　38.00元

编校印装质量、盗版监督服务电话　4006532017　0532-68068638
建议陈列类别：畅销・励志

目　录
CONTENTS

第一章　愿你野蛮生长，最终闪闪发光

第二章　愿你遇良人，愿你得真心

第三章　爱自己的最高级，是活得热气腾腾

第四章　愿你被婚姻温柔相待

第五章　愿你永远理性正直，永远欢喜可爱

愿你
野蛮生长

最终
闪闪发光

是的，后来我们终于自立为王。可是在回望青春的时候，依然想感谢那个曾经野心勃勃的自己，那个跌到谷底依然不服输的自己，那个哭完之后依然穿上高跟鞋去战斗的自己。

二十多岁的年纪，本就是用来试错和野蛮生长的。我们犯过傻、踩过坑、遇过渣男，真的一点也不可怕。这个年纪的危险是，有人会跑来告诉你，如果你的青春不能折现，用来换取房子、车子和安稳无虞的后半生，那你的青春就不值钱。这才是最可怕的价值观。

多少姑娘本该光芒万丈，却囿于直男癌的价值观，按照他们的标准来要求自己，获得暂时的圆满和平。可是，再往前走一走，她们就会发现，锦绣繁华如梦幻泡影。如果她们顶住压力，往更深更远的地方走去，会发现只有真正的自我实现，才能带来美好、自由、强大，并且超越世俗的评价体系。

焦虑的本质，是对未知的恐惧。克服焦虑的唯一方法是少点空想多做实事，少关注别人多反省自己，不相信任何速成法，想明白自己要什么，踏踏实实按照自己的节奏去生活。

最终决定一座城市是否吸引我们的，是它是否满足我们对生活的雄心。野心高低决定着我们可以多大程度地忍受环境并追求自我可能性。

1001

理性女人的高级，是拥有极高的挫折耐受力。不管手里抓的是什么牌，她们都可以接住自己的人生，还能把失去活成另一种获得。

▷▶▶

你努力变美，不是为了配得上谁。你努力变美，整个宇宙都会接收到讯息，会吸引更美好的事情到你的身边来。不信？你试试看。

第一章

愿你野蛮生长，最终闪闪发光

你是否也有过野心勃勃的青春

海明威在《流动的盛宴》里说：“假如你年轻时在巴黎生活过，那么你此后一生中不论去到哪里她都与你同在，因为巴黎是一席流动的盛宴。”

把巴黎换成北京，就是我的整个青春。

我想，这也是为什么很多姑娘看《北京女子图鉴》时会忍不住湿了眼眶。北京，这座令人倾倒的城市，它是我们的战场，也是命运的胎记。

如果当初知道在北京奋斗得这么艰难，我还会义无反顾地离开家乡吗？

跟随着剧情的节奏，我好像又回顾了一遍我的青春——

四川女孩陈可家境和学历一般，她本来可以像多数女孩那样，早早安定下来，结个差不多的婚，过个差不多的日子。可是，她不甘心。

镜头掠过热闹的市井，人们悠闲地打牌、聊天、买菜，公交车徐徐穿行，一派熟悉的岁月静好景象。

陈可的妈妈托关系给她安排工作，月薪 2000 多块："你不知道多少人打破头想进来。"

又被安排相亲，对方抽烟、抖脚，对她作为四川人却"不喜欢打牌"表示震惊。

闺密结婚，两家人为份子钱而算计，女孩淡定地挑着婚纱："等我生了儿子，一切还不都是我的。"

这一切都令陈可窒息：小城市工作机会有限，反智风气，狭隘单一的价值观，错综复杂的人际关系，彼此相互制约的家庭关系……

必须离开的念头，像一只小野兽在噬咬着她的灵魂，令她，和千千万万的我们，夜不能寐。

我们这样的姑娘，注定会离开家乡去闯荡的。

因为对熟悉的社会环境、生活方式和价值体系，做不到"理所当然"地接受；因为对远方和未知怀着强烈的好奇心和探索欲，不用双脚去丈量，怎么肯甘心；因为胸口写着"勇"字，心里住着乱世，野心勃勃的人，自带天真的勇气。

陈可终于来到北京，“这座闪光的城市”令她兴奋眩晕。可是，她也很快被现实狠狠教训：投了那么多份简历，期待的月薪从 6000 元降到 5000 元，再到不敢提要求。

是的，北京到处充满奇迹，这是一座恢宏的、巨大的城，总让人喟叹皇城泱泱、山河浩荡。长安街无比宽阔，整个城市高楼林立，高架桥四通八达，地铁呼啸而过。它如此辽阔，如此立体，如此丰盛、包容、自由，它是无数人追梦的热土。可是，它也残酷而冷漠，势利而疏离。

没做好头破血流的准备，别想在这个城市活下来。

《北京女子图鉴》最触动我的，是它的真实：每个年轻女孩都想过靠男人，也都有虚荣心。

陈可刚到北京时，投靠了清河的一个男同学。她帮人家洗衣服，分摊水电费，却在某天晚上遭遇男同学性骚扰。

原来她以为的友情如此不牢靠。把对方暴打一顿后，她仓皇离开，又咬咬牙回去，争取到一个创业公司前台的工作机会。

一个女孩子，单枪匹马闯北京有多难？陈可拖着行李住到老乡佳佳的家里，没有想到，多年前就来北京的佳佳外表看起来时髦又洋气，却租住在半地下室，花 800 块买一只假的 Gucci（古驰），为了一条裙子可以对男人处心积虑的撒谎，外加撒娇。

陈可借佳佳认识了吴总，被吴总带着去见识北京的高端饭局，体贴地帮她挑蟹肉、开车门，她的眼睛在一只漂亮杯子上多停留了几秒，饭局结束马上就收到那个杯子作为礼物。

当她心动地以为爱情来临的时候，吴总往自己衬衫上喷白酒，大方地承认“老婆管得紧”。原来她只是老男人饭局上的一道点心。

陈可换了新工作，也终于交到势均力敌的男友。可是再次跳槽拿到更高薪水时，男友却不高兴地说“有欲望的女人，让男人不喜欢”。

他计划着两个人回他的家乡买房结婚生子，带她吃“金钱豹”还精打细算做攻略，给她的生日礼物是网购的 299 块的仿 LV 的吊带睡裙。

陈可主动提出分手：“我爱你，可是我好像更爱我自己。”是的，他的地图没有她要的风景。

分手后的陈可立即申请信用卡去买了一只 LV 包——是的，站在我这个年纪，早已对名牌包云淡风轻，可是当我只有二十出头、月薪几千的时候，也是踮着脚尖想拼命够到我当时买不起的奢侈品。

虚荣心，是我们年轻时必须要穿越的魔障，也正是这份想要最好物质的虚荣，让我们后来走得更远。

剧中有个女高管顾总，是陈可的偶像。

顾总在北京有好几套房，开好车，拎名牌包，活得又美又自由。她把房子租给陈可住，陈可忍不住问她："你怎么赚到这么多钱的？"

顾总神秘一笑："我离了两次婚，拿到不少赔偿金。"

后来的陈可交了一个多金男友，穿一千多块的bra，背几万块的包。可是我敢肯定，女孩子要走很长的一段路，才会明白男人是靠不住的。

想要在北京真正活得好，你必须彻底断掉依靠男人的念头，因为你为此付出的时间机会和试错成本，可能比自己去踏实奋斗多得多。就像佳佳说的："在北京，除了你自己，谁也不知道谁几斤几两。"

人生从来没有捷径。你想要的，需要自己去闯出来。"那双可以去参加舞会的水晶鞋，既然全城的女孩都在抢穿，那我不如自己挣钱买一双，或许能到达得更快。"

我 17 岁来北京，到今天已经 15 年了。这个城市早已成了我的第二故乡，我也终于走过那些欲望和迷惘、自卑与自负、纠结和困顿，关于事业和爱情的理想，都实现了。

是的，后来我们终于自立为王。

可是在回望青春的时候，依然想感谢那个曾经野心勃勃的自己，那个跌到谷底依然不服输的自己，那个哭完之后就会穿上高跟鞋去战斗的自己。

最终决定一座城市是否吸引我们的，是它是否满足我们对生活的雄心。野心高低决定着我们可以多大程度地忍受环境并追求自我可能性。

Paul Graham（保罗·葛兰姆）在那篇著名的《Cities and Ambition（市井雄心）》里说："你要是在一个城市过得很自在，有找到家的感觉，那么倾听它在诉说什么，也许这就是你的志向所在了。"

献给我始终热爱的、野心勃勃的青春。

·009·

每天进步一点点，就是野蛮生长

每次放长假或出门旅行，我都会计划彻底放松一个礼拜，但是到了第三天，一准会感觉手痒，不写点什么，生活似乎少了点滋味。近年来越发觉得，持续的纯粹放松和娱乐没有太大的乐趣，还是每天完成工作之后喝杯茶、做个运动、追个剧，或者出门跟朋友聚个会，张弛有度、劳逸结合更有快乐和满足感。

成功从来没有什么捷径或秘诀，就是每天进步一点点。

如果你还要仰仗手里的这份工作，就少一点抱怨，努力做得更细致一点。每天进步一点点，也许当下不觉得有什么了不起，但当你把时间的尺度拉长，驻足回望，你会发现自己已经走了那么远的路。

山河湖海，从来都不是一天跨越的。

这个时代，焦虑是种流行病，很多年轻人都不再有耐心去等待一朵花开。

焦虑的本质，是对未知的恐惧。克服焦虑的唯一方法是少点空想多做实事，少关注别人多反省自己，不相信任何速成法，想明白自己要什么，踏踏实实按照自己的节奏去生活。

让自己平静下来。

可以试试每天晚上关掉手机一小时。在这一个小时里，可以读一本书，或者给自己泡一杯茶，或者安安静静地打坐冥想，做什么都可以，屏蔽掉环境的噪音，试试和自己独处。

别再被惶惶不可终日的感觉折磨，一切都来得及。

人还是得在宏观上理性一点。我的方法是做规划，规划要具体量化目标。比如我的工作就是写作，写什么、写多少，都没有人限制我，我就给自己布置任务，每个月写 20 篇文章，每周做一次精品读书课、去健身房 3 ~ 4 次，这就是我的量化目标。

具体到每周，我的工作量是很清晰的，我要做的事情就是每个工作日早起写一篇文章，每隔一天去一趟健身房，每周把读书课准备好。

工作的时候工作，吃饭的时候吃饭，睡觉的时候睡觉。其实没那么复杂，沉浸在你做的每件事情中，活在具体的生活里，把该做的做好，日复一日地坚持就好。

回想这些年，我在任何境遇里都能坚持自我，活在自己的轨道和节奏里，取得了一点成绩，并且大部分时间内心都是平静喜悦的，有两大重要心法和大家分享下。

第一个是底线思维。

底线思维就是你对生活的最低要求。我喜欢划好底线，不管是对自己还是对亲密关系。

比如我对生活的底线是，只要活着、吃饱，我就能去追求我的理想、做我想做的事，任何困难或者旁人的任何意见都阻止不了我。

我对伴侣的底线是，必须忠诚，在忠诚的基础上再谈陪伴、价值观及其他。

划好底线的好处，就是心态会很稳、很轻盈。最差又能怎样呢？最差的情况我已经想好了，也能接受，那就尽最大的努力去追求更好吧。

很有意思的是，底线思维反而让我过上了高配的生活。

第二个是长期主义价值观。

看问题，要把时间尺度放大。

举个例子：很多人问我，自己业余时间也喜欢写作，怎么才能通过写作迅速赚到钱？我让他们把写过的作品传给我看看，一般会得到这样的回答：还没正式开始写呢。

我不禁哑然失笑。那就写下第一个句子吧，从每天练习写 1000 字开始，日复一日坚持，量变一定会带来质变的飞跃。

我从六岁开始，每天读书、写日记，之前的二十几年，写作没有带给我一分钱的收入，可是它最终成就了我。

把眼光放长远，热爱一件事就坚持下去，不必羡慕人家一夜暴富。多数人的厚积薄发，都是在你看不见的地方悄无声息地完成的。

我喜欢慢慢积累自己的技能、慢慢往上走的感觉，我也是这么做的。

我坚信，一个写字的人长期学习和输入，提升并磨炼自己的能力，写得越来越好才是最重要和有价值的事。无论时代和平台如何变迁，保持开放心态，坚持学习和成长，永远不用担心赚不到钱。

与其看哪里有风口就往哪儿跑，不如问问自己最喜欢和擅长的事是什么。任何行业，在把自己的一技之长打磨到顶级水准后，都能赚到顶级的收入。

不管你在哪里，在做什么行业，每天进步一点点，就是野蛮生长的能力。

愿你野蛮生长，最终闪闪发光

《欢乐颂2》里的邱莹莹的戏份儿，让我总忍不住要快进——她也太蠢了吧，整个一个脑回路异于常人的二百五，永远拎不清——她谈恋爱遇渣男，还因为渣男丢了工作；失恋之后，老爸带她去买了一堆成功学鸡汤，她每天在家里看视频打鸡血；安迪帮她分析成功学的逻辑错误，她还因此生安迪的气。

这样一个相貌平平、脑子不太灵光、父母眼界格局都分外狭窄的女孩，在上海这样精英聚集的大都会被淘汰，是理所当然的。

第二季里，邱莹莹交了新男朋友，没想过图他什么，却歪打正着地找了个物质条件不错的IT男，连樊胜美都羡慕“90后都有房有车了”。可是，看似老实又安全的IT男，竟然因为莹莹不是处女就要和她分手——看到这里，估计很多人都和我一样怒了。

但是，仔细想想，邱莹莹所经历的一切，不正是千千万万普通女孩在二十多岁的年纪要经历的成长之路吗?

隔着屏幕我都能感觉到邱莹莹在挫折中野蛮生长的状态——不要忘了，她第一次失业之后，很快就转变了思想观念，不再执着于找一份坐办公室的工作，而是欣然接受了一份卖咖啡的工作，并且把线上销售经营得有声有色。

曲筱绡讥笑她坐等客户上门，建议她拎着咖啡挨家挨户去推销，卖出一包都是胜利。她照做了，傻里傻气地拎着咖啡去跑市场跑了一天，没想到竟然卖出了 7 包。她一向讨厌这个富二代曲妖精，却能心平气和地接受对方的建议，改变固有的认知和思维模式，这是多么难得的成长和进步啊。

我们都羡慕又美又有钱、内心自由强大的女王，可是 20+ 的时候，我们可能都是那个不太聪明、不怎么优秀、需要踩过很多坑才能有所长进的邱莹莹。

没有什么完美人生，女王也不是一天炼成的。

就连安迪都说，她花了很长时间看心理医生，才改掉了吃饭速度快的毛病，因为她是孤儿，在福利院长大，经历了太多三餐不继的日子……

刚毕业的那年，我拿着 5000 块的实习工资，找房子的时候也会因为几百块钱斤斤计较。当时跟我合租的女孩刚从日本回来，她花掉收入的大部分去报一个学习课程。我们一起逛超市时，我看着她拿起一块酱牛肉，眼睛迅速瞄过标签上的价格，又假装不喜欢放下。

晚上我们就着小区微弱的路灯灯光跑步，经过一排复式楼时，从敞开窗帘的落地窗看到里面豪华的水晶吊灯、装修考究的大客厅、整面墙的书柜，暖黄的灯光倾泻下来，仿佛一个特别遥远的梦境。当时我在心里跟自己说：什么时候我才能住这样的房子，开车去超市不用看价签？

现实如此灰暗逼仄，二十多岁的迷茫，是漂浮在海面上看不清来路和方向的困惑。

我打着一份不喜欢的工，很难休息一个完整的周末，在人人称赞的安稳境遇里，不断怀疑着自己的选择。我去相过无数次亲，遇见过各种各样的奇葩男，无数次情绪低到谷底，怀疑自己是不是真的会孤独终老。

二十多岁是一个女孩最差的年龄，除了青春，一无所有。既看不清这个世界的规则和玩法，也看不懂自己内心的理想和方向，甚至都根本没有勇气去坚持自己认为正确的事情。

《东京女子图鉴》里，女主角的高中老师问她想成为什么样的人，她说，想成为一个令人羡慕的人。

回首十年前，我们都有过不可一世的野心和虚荣，从小地方来到大都市，费尽心机去超越我们原本的阶层，可是很快就会在现实面前头破血流。

大概每个姑娘都会在特别悲观无助的时候想过，大不了找个有钱人嫁了。只是，这最后的退路和底牌，最终也只能作为自己偶尔自嘲的把柄。谁还没拒绝过几个有房有车有钱的男人呢？

最终我们还不都是跌跌撞撞地成长着，学会了把坏情绪和委屈生生咽下去，收起敏感脆弱的玻璃心，在压力和变数面前，学会了处变不惊。

一个没有家世背景的普通女孩想要在大都市里立足，活得光鲜体面已经实属不易。

二十多岁的时候，我根本想不到我三十岁的时候可以离开不喜欢的行业，做着真正梦想中的事，也没想过自己可以和那么投缘的人在一起，把婚姻经营得还不错，还可以支付自己想要的生活，眼界和格局早就超越了北京的一套房子。

二十多岁的年纪，本就是用来试错和野蛮生长的。我们犯过傻、踩过坑、遇过渣男，真的一点也不可怕。

这个年纪的危险是，有人会跑来告诉你：如果你的青春不能折现，用来换取房子车子和安稳无虞的后半生，那你的青春就不值钱。这才是最可怕的价值观。

很多女孩子在二十七八岁的时候，会感觉到来自生活最大的恶意——如果你还没有把自己嫁出去，如果你的人生还没有走到安稳的境地，你的一生将暗淡无光。

所以，多少姑娘本该光芒万丈，却囿于直男癌的价值观，按照他们的标准来要求自己，获得暂时的圆满和平。可是，再往前走一走，她们就会发现，锦绣繁华如梦幻泡影。

如果她们顶住压力，往更深更远的地方走去，会发现只有真正的自我实现，才能带来美好、自由、强大，并且超越世俗的评价体系。

我们都会幸福的，不要怕，我在青春的这一岸，等待你穿越 20+ 的迷茫困境，最终成为闪闪发光的自己。

高级的性感，和胸无关

几年前，为了排节目参加公司年会，我们请了一位拉丁舞老师来上课。老师个子不高，微胖，五官也算不上精致。这样一个女子，放在人群里绝对算不上出众。可是当她跳起拉丁，舞动腰肢，眼波流转，却好像整个人都在发光。你会瞬间被她吸引住，觉得这个女人太性感了，连身为同性的我也不自觉地被她曼妙的舞姿打动，感觉她生命的活力和女性的魅力鲜活流动起来。

舞蹈家金星在《掷地有声》一书里讲过，她在美国、在欧洲和在中国最大的不同感受就是，在中国的都市里感受不到男女之间那种性张力、那种荷尔蒙的味道。中国的女人大都是不性感的，可是在巴黎、在罗马、在马德里，你会觉得每个女人都在展示着自己的性魅力。

当我真正开始在都市里面生活，还没到剧中女主角的年纪，就发现大部分姑娘都过早地放弃了自己——她们灰头土脸地赶地铁上班，有时连妆都顾不上化，早餐都顾不上好好吃，更别说去保养头发、做指甲，为自己仔细挑一款性感的高跟鞋。

我们中国女人大多数是不性感的，连公认的美女一般也没什么生气。五官是精致的、标准的，可是中规中矩的，沉静而肃穆，可能和她吃完一顿饭就会失去兴趣，失去探索的欲望。

为什么会这样？因为几千年的文明把女人禁锢了起来。

这种禁锢不仅是身体上的，比如女人必须大门不出，二门不迈。古代大家闺秀的闺房通常都在顶层，只有一个小小的窗户，切断了和外面世界天然的联系。

精神和性意识上的禁锢更为深重：女人不能读书，不能有独立的思想，必须三从四德，贞操比生命更重要。即使改革开放这么多年了，一提到性，很多人还是会觉得是脏的，是不道德的；一提到女人的性感，就觉得是放荡，是水性杨花。

前几天我和杨静讨论什么是女人的性感。是白皮肤、大眼睛、锥子脸、丰乳肥臀才叫性感吗？

那是中国式流水线的审美，却不叫性感。我觉得，真正的性感，是能够激起人的探索欲。

水木丁曾在《法国式性感和日本式性感》里这样描述法国女人的性感，我觉得特别精妙——

这性感在于她们每一个人，都是一个独立的个体，既优雅柔软，又孤独疏离，既放浪形骸，又脆弱顺服，她们的魅力在于，她们身上会有一种神秘感，这神秘感来自她们的人性中有很多种不同的可能性……她既复杂，又简单。但最重要的是，她不是做一次爱就会被人了解和搞定的那种女人，即便你可以进入她的身体一千次，却依然觉得她不属于你，你不能完全将她占有。

真正的性感，从来和胸无关。

1. 性感的女人，一定活出了人的自由

当一个女人真正被当作人，而不是被物化，她才是有灵魂的、自由的个体。她有欲望，有思考，有智识，才能散发出生命的活力，有生命活力的人才有性魅力。

2. 精神独立是更高级的性感

为什么有些漂亮女人，你对她越了解就越失去兴趣？因为除了一具漂亮的躯壳，她脑子里空空如也。一个精神独立、有着丰富内心风

景的女人是性感的，这种性感使你越了解她，就越觉得她丰富和神秘，越激发你的探索欲。

3. 性感的女人必然是懂生活的，有趣的

一个热爱生活，无论处于什么样的境遇，哪怕住在租来的房子里，依然可以把每一天过得有色彩、有欢乐的女人，有着致命的吸引力。因为她有一种超能力，能把平凡人生过得有趣，你和她在一起永远不会沉闷和厌倦，而是充满惊喜和发现。这样的女人是性感的最高级。

我永远无法讨厌物质女孩

有人说伍迪 · 艾伦的电影《蓝色茉莉》是美国版《我的前半生》。我在一个有金色阳光的秋日下午重温了一遍这部电影，却有截然不同的领悟。

电影里有大片大片的金色，那是上流社会的流光溢彩、纸醉金迷，也是甜蜜醉人的幻象背后，真实粗粝的冷漠势利。我曾天真地以为，这是个虚荣女子堕落的故事，我曾也怀着草根心理，去揣测富人的世界有多么黑暗与冷血。

现在我发现我错了，我对“物质女孩”有着天大的误解。

其实 Jasmine（茉莉）的问题恰恰在于她没有钱。她曾是个被领养的小孩，匍匐在社会的最底层，那是最残酷的世界。贫穷的经历对人最残酷的侵蚀不是物质上的，而是心理上的。这种侵蚀最显著的体现是，哪怕以后变得很富有，却依然摆脱不了那种至深的恐惧感，以及想拼命证明自己今非昔比，自己已经是买得起爱马仕的女孩了。

Jasmine 在离婚破产之后去另一个城市投奔她的妹妹，却依然要坐头等舱、穿香奈儿、拎爱马仕，跟邻座的陌生旅客聊天时，谎称自己是人类学家。她对追求自己的底层男子和中产阶级男人感到愤怒——怎么，你也有资格喜欢我？

虚荣的本质并不是爱物质，而是恐惧：对退回到更低阶层的恐惧，对匮乏的恐惧，对生活毫无希望的恐惧。

人类有两种最基本的核心驱动力，一种是愉悦，另一种就是恐惧。

因为恐惧，Jasmine 在富有的时候对妹妹是避而远之的。她迫不及待地想要和过去的一切都切割干净，以为这样就永远不会和那个世界有什么关联，这就是恐惧。

我太熟悉这种恐惧感。前些年出国旅行，我第一次在 LV 买包，导购给我推荐当季的新品，让我伸手抚摸高级牛皮的纹路和质感，我心里只有一个声音在不耐烦地咆哮：谁要买这种看不出牌子的款式？我只想买一个印满 logo 的经典款，我要别人远远地看过去就知道我是个用 LV 的女孩。

现在想来，那时的自己真是面目可憎。

“物质女孩”和“物质女孩”是不同的，一种是被恐惧驱动的，另一种是被愉悦驱动的。

这些天，我一直在追章小蕙的公众号。

章小蕙最为大众熟知的标签恐怕还是“拜金女”“物质女”“买到两任富豪丈夫都破产”。近日她忽然从传奇故事里走出来，在公众号发布过去写的专栏。我这才发现，她文笔多么好，对一件披肩、一双鞋子那种饱含情感的爱意，使得物质在她笔下充满文艺浪漫的气息——

她写《舞女鞋》：“太着迷 Christian Louboutin（克里斯提 · 鲁布托）绑带舞女鞋。没人比他更会做出更出色的歌舞表演 Cabaret style（卡巴莱风格）高跟鞋。一颗一颗 Swarovski（施华洛世奇）水晶钻在老工的手上变成了迷魂钻粉洒在丝缎鞋面上；朵朵烟花似的闪着，每走一步路，视线很难不被它们勾住。”

她写《披肩中的极品》：“十年前首次触到 shahtoosh 沙图什时，哎呀一声叫出来，手感之柔软轻盈、朦胧薄纱般，卷在手心里手掌马上发烫，实在非一般市场上羊绒可比，相近都没有。”

章小蕙从来不追逐潮流，却在不知不觉中引领潮流很多年。现在风靡全球的 Manolo Blahnik 鞋，2000 年左右的时候凭借《欲望都市》火起来的，而章小蕙在上世纪八九十年代就囤了几百双。

如今人手一瓶的 Jo Malone London（祖·玛珑）香水，章小蕙在 2005 年的采访里就提到过“我每次都涂 Jo Malone 的玫瑰香水，就算在电梯、餐厅、候机室、飞机上……无论男女老少，总有人会跑过来问：小姐，你好香好迷人。”

我问姑娘们：“你们会讨厌章小蕙这样的‘物质女孩”吗？’结果不出所料，多数姑娘都表示根本不讨厌。《蓝色茉莉》里 Jasmine 还要对妹妹解释一番：“你知道吗，其实有钱也没有必要觉得羞耻啊。”

我很庆幸这个时代的女性终于敢正视自己的欲望和恐惧了，而我则喜欢章小蕙这样的“物质女孩”。因为被愉悦感驱动的人，她们身上没有咬牙切齿感，没有从底层攀爬上来的虎视眈眈。人到中年，我越发欣赏那种轻盈、悠闲、从容不迫的姿态。

这种轻盈和悠闲，当然是从小在丰盈富足的环境里浸淫出来的。章小蕙之所以可以甩如今的时尚博主几百条街，就是因为品位可以培养，但一个人生命的底色无法被模仿或涂改。章小蕙是从四岁起就跟着妈妈逛连卡佛买衣服，十二岁就跟小伙伴研究如何搭配香奈儿的富家女。就像我们感叹王菲女儿李嫣的闺密团一小会儿就花掉了十几万，可那只是人家小姑娘的日常而已。

对物质的精细触觉和迷恋讲究，我过去并不明白。就像《红楼梦》里，妙玉请宝玉黛玉宝钗喝私房茶，泡茶的水要讲究到什么程度呢？

“这是我五年前在玄墓蟠香寺住着，收的梅花上的雪，统共得了那一鬼脸青的花瓮一瓮，总舍不得吃，埋在地下，今年夏天才开了。我只吃过一回，这是第二回了。你怎么尝不出来？隔年的雨水哪有这样轻淳，如何吃得？”

初初看过去，觉得妙玉真是矫情。直到前几年我在一个茶馆里喝茶，读一本蔡澜写的书，说他小时候住在南洋，每天清晨父母都要喊几个小孩去收花园里的露水，把露水收集起来泡茶喝。我这才懂了富贵人家的那一份讲究。

被焦虑占满心胸的时候，是欣赏不来这份对物质的情趣的，总会有一种无法抑制的愤怒，也会失去对生活的感知能力。这个世界上有一些看不见的高墙，当你真的穿越到另一个世界，恐怕才能懂得，简单粗暴地用虚荣去评判所有“物质女孩”，是多么的狭隘。

物质有着最真诚的治愈能力。

我越来越爱物，而不是镶嵌在物质上的某个 logo。买来一盏心仪的古董灯，走在路上的脚步都是飞扬的；秋天的时候我会花重金买一件羊绒大衣，那软糯轻柔的温暖，会治愈寒冷季节的日常颓丧；买到一双好鞋，也会迫不及待地去更远的地方看看这个曼妙的世界。

我越来越能沉下心来，去领略平淡日常中的细微美感。坐在咖啡馆写作，会被一小段大提琴的旋律感动，会抬头看看秋日辽阔高远的蓝天，为金黄的叶子落了一地、被风吹起来的那种萧索感深深震动。

台湾作家蒋勋喜欢透过家里的窗户能够看到淡水河，这是很重要的，“活得像个人，才能看到美”。

我为什么永远无法讨厌“物质女孩”，因为爱的本质是美，美带来感动和从容。

去年的衣服再贵，今年也不喜欢了

和老闺密逛街，看中一款连衣裙，标价五千多。我想到北京的房子每个月铁打的贷款，还有现在做自由职业收入也不稳定，所以略纠结。

闺密猜透我的心思，悠悠地说：“实在喜欢就买下，反正再贵的衣服明年你也就不喜欢了。”

一句话打消了我的蠢蠢欲动。

我也曾信奉“要买点贵的才对得起自己”，搬家的时候，衣柜里N件吊牌都没摘掉的绸缎、跟风买来的潮牌，却发现并没有什么场合可以穿。去年找代购买来价格不菲的风衣，今年穿上怎么都提不起劲来，扔掉又不舍，只能压箱底蒙了尘。

闺密跟我讲起她的当年。

那年她刚毕业进入高大上的公关公司，发现同事都是一线品牌套装加持，烈焰红唇，高跟鞋掷地有声，而她像一只卑微到尘埃里的老鼠。

女总监更绝，几万块一件的衬衫买起来毫不手软。办公室里每一个妖娆精致的年轻姑娘，都是行走的鸡血、会呼吸的人民币：只有舍得买贵的衣服，你才能过得上更贵的人生。

闺密每天上班的心情都一言难尽。她铆足劲儿攒了半年工资，下班狂奔到心仪已久的 Burberry（博柏利），刷卡买下那件五位数的经典风衣。此后的一个月她都穿着那件风衣，有种扬眉吐气的快感。

有一天加完班回家，在地铁上，她发现衣服袖子被蹭上了一大块颜料。下了地铁，她在北京空旷无人的街头失声痛哭。

只有她知道，为了一件名牌衣服，她连吃饭都要精打细算；身披华服，回到铺着冰冷瓷砖的简陋出租屋，对照之下，更是心酸。

第二年，闺密跳槽去了更好的平台，薪水翻倍。她搬到更大的房子里，整理衣物的时候看到那件风衣，她忽然释然了，虽然觉得还好啊，却没有那么喜欢了。

那种感觉，就像你与刻骨铭心爱过的人在人群里失散，你耿耿于怀，内心百转千回，念念不忘。但是漫长时日翩跹而过，有一天你再想起他的时候，忽然就放下了。

我们为什么要买贵的衣服?

很多时尚博主告诉你：要爱自己，要舍得为自己花钱，买贵的东西，你才更贵，会花才会赚。

我们拼命用账单上的数字作为爱自己的证明。

一件心仪的衣服，明明价格远超你的预算，可是若不立刻买下来，你看着镜子里笑靥如花、年轻的自己，顿时顾影自怜：难道我连一件贵点的衣服也不配拥有吗?

眼一闭，心一狠，刷卡!

“买买买”的快感只维持了三分钟，你就被一种类似高潮之后的空虚感袭击。

原来，“买买买”满足的，只是我们的新鲜感和情绪。

并不是你变美了，去年的衣服配不上今年的你，而是再贵的衣服满足的也不过是当下一时一刻的欲望和心情。每一条裙子都曾是新欢，可时过境迁，你真的只是不喜欢了而已。

很多时候，女人并不会因为一件衣服买来时是贵的，就会珍重地穿上好几年。我们更需要新衣服来保持对这个世界新鲜的热情，以及对生活不死的欲望。

或许在几百万年前，当我们人类祖先还在采集野果的时候，女性的购物欲就已经是刻在生命里的活性基因了。

所以，何必一边喊着马云爸爸一边鄙视淘宝货，一边吃土一边跪舔香奈儿?

承认吧，我们都是喜新厌旧的女人。不管贵不贵，开心就好。

其实，你也并没有因为穿一件贵的衣服，就过上更好的生活。

没有遇到那个对的人，不是因为你穿得太廉价；你的老板也不会因为你穿得贵重，而给你分配更重要的工作。你价值几许，并不是因为你穿了什么，而是因为你是谁、你有什么才华和能力。

从物质中获得快感的时代早已过去。在我看来，爱自己最好的方式，并不是给自己买多贵的东西，而是每一天都遵从自己的心意，活得自由、真实、有意义。

到后来，你不需要再买贵的衣服讨自己欢心时，你会发现，再贵的衣服也拯救不了你的人生。就像那件价值五千块的裙子，没有买下来，我真的没觉得有什么好遗憾的。

到了三十多岁，你会明白，生活的千头万绪、千疮百孔，横亘在你面前的丝丝缕缕，太多的问题和困顿，比买不买一件贵衣服要复杂得多。

而我幸福感的源头，也不再是一件衣服、一支口红。我生活里最奢侈的东西，是家人都平安健康，是爱人始终牵着我的手。

二十岁的时候，你会为买一瓶 Gucci（古驰）香水开心半天；当买 LV 的快感只有 5 分钟的时候，你才真正毫无退路地进入了成年人的生活。

弥补不了的遗憾、无法解决的事情、爱人的别离、亲人正在承受的病痛折磨……这些都不是一件衣服、一个包包可以安慰的，爱马仕再贵又如何，我只想和你好好的。

上周我妈做了两次手术，我站在冷风呼啸的走廊里，趴在手术室门缝上听里面的动静，那剪刀咔嚓的声音，让我的心每一秒钟都提到了嗓子眼。

那一刻，我就一个想法：只要我妈没事，要我怎样都可以。

我的女友生娃之后，把名牌包包当菜篮子用；几千块的羊毛衫被儿子吐奶吐了一身，随手便扔进洗衣机，一点都不心疼。

年轻的时候，谁不曾遭受浮华的诱惑，跟随那些耀眼光鲜的爱豆，领略灯红酒绿的短暂快意。当真正和生活短兵相接，从世俗人情间走过、爱恨里煎熬过，才明了，这个世上最贵的奢侈品，从来不是身外之物。

去年的衣服再贵，今年也不喜欢了。

那些太过浅薄的快乐，无法满足我们的整全人性。只有爱、理解、陪伴和自我实现，才是最珍贵的东西，它们会让我们的心灵获得恒久、平静、深沉的幸福感。

见过世面的姑娘，都自带光芒

（1）

每次蚊子回国，我是一定要见她的。

这次她彻底结束了在台北的工作，回来跟合伙人开了一间公司，做游学的项目，来北京做前期市场调研。

我们约在五道口那家熟悉的咖啡馆。

相识五年，我们各自的人生都有了起伏和变迁。

我结婚、辞职，去西安漂了一年半，又回到北京。

她在成都买了房，告别了北京的工作和生活圈，先是去菲律宾工作，然后回成都上了几天班，又遇到了一个到台北工作的机会，义无反顾地再次出发。

她今年已经 36 岁，单身，还没有 settle down（稳定下来）。

我问她："这次为什么忽然就想回来了？"她说，在外面漂了好几年，都见识过、经历过了，就想过点安稳的日子。

她所谓的"安稳"，不是结婚生子，不是找个稳定工作朝九晚五，而是做一份自己的小事业，住在自己的房子里，闲来煮煮饭、撸撸猫。

我问她不结婚有没有困扰，她微笑着摇头。

正是因为见得多了，能够超越主流价值观的捆绑和束缚，看得清自己的恐惧，也安心享受自己喜欢的、单纯至简的生活状态。结不结婚，有什么关系呢？这世上从来没有一种生活方式，是你必须要去选择的。

每当我看见那些女性被世俗和年龄赶进了婚姻，在一地鸡毛里耗光自己的快乐和灵气，眼神里都是哀怨，我就会想起蚊子。

就算没有爱人的肩头，我们还有世界的尽头，怕什么。

蚊子曾经几次独自闯荡欧洲，在巴黎丢了钱包迷了路，在伦敦结识了有趣的男生喝了杯酒，在北欧的冰天雪地里放肆地大哭了一场……

我们的青春都不是没有伤痕，也都被"你已经多少岁了"吓唬过。见过了世面，才知道这世界上有千百种生活方式，女孩子的人生也可以自由、辽阔、充满选择。

想做什么就去做，想爱谁就去表白，想看远方的风景就买一张票出发。毕竟，活着的每一天，都是我们生命中最年轻的一天。

（2）

见到读者 C，就是昨天的事。

她从武汉给我带了小龙虾，我们约在她家附近吃点东西聊聊天。

她比我小一岁，毕业八年，已经靠自己买了四套房子。她的思维和格局，我都非常佩服。

她的大学并不是名校，而是在河北的一个小城念的。她大三开始就每周坐大巴车跑到北京来参加招聘会，去的还都是清华、北大那种顶级名校的招聘会。在现在的公司做到很高的职位，有了一定的自由，她擅长整合资源，有着很精准的投资眼光。

她不纠结，也不顾影自怜，想要什么，就尽最大的努力去为自己争取机会，放得下身段，不怕被拒绝，不怕受伤。

她身上有多数女孩稀缺的一种品质——姿态要低，眼光要高。

很多姑娘恰恰相反，被莫须有的自尊心高高架起，脆弱得不堪一击。实际上眼界有限，眼光又不高，一根棒棒糖就能骗走。

C 还没有结婚。她说："一个女孩子为什么要拼命赚钱买那么多房子？我自己住也好，出租也好，送给父母也好，未来当作嫁妆也好，我的安全感和底气都是自己赚来的，我有资本选择我喜欢的人生。"

在C眼中，不会有“嫁给爱情还是嫁给房子”这种万年难题。她向往的婚姻，是三观一致、彼此拥有爱和理解、互相支持对方的梦想，她相信自己一定会遇见这个人。

见过了世面，靠自己的双手和智慧过上高层次的生活，就会对未来充满乐观期待和笃定。每一个向上攀爬的女孩都会明白：站在山脚下，你看到的一花一木就是全世界；而当攀登到山顶，你转个身就能看到更远的风景。

见到C之后，我感觉自己在财富方面还是要打开思路，赚钱的模式和渠道还有很多，还要主动去联系更多的资源。

（3）

塔塔是我的好友，现在我们多了一层合作关系——她成了我平台的签约作者。

上周我们约在茶餐厅吃了个饭，我发现她更美了。

在我朋友里，论出身、论颜值，塔塔都是可以排到前三的姑娘——没错，她是一个真正的白富美，家世优渥，父母的积累可以让她在北京过上不错的生活；长得漂亮，从小就被花团锦簇包围着；在欧洲留过学，全世界的风景都看得差不多了，回国上个安稳的班，业余时间从未放弃新的尝试和探索。

别以为富家千金都是飞扬跋扈、以自我为中心，塔塔这样的姑娘，是真诚谦逊、礼貌周全的。

她爱美，也不吝惜分享做医学美容的经历。她让我明白，想要更漂亮不是虚荣浅薄，每个人的痛点不一样：我小时候最骄傲的事情就是作文写得好，而她做梦都想变成维密天使，被万人瞩目，在人群里发光。

真正见过世面的姑娘，并不会追求一身名牌。塔塔是那种可以花掉年终奖去买一块名牌手表，也可以在淘宝网购原创设计的姑娘。她爱美，也很会穿搭，但又不会只带你逛名牌店，不会说买贵的才是爱自己。

我每次见过她，都会更爱自己一点，在心灵成长之外，更加关注自己的容貌和身材。

女孩子本来就应该活得精致柔软、赏心悦目。不要去盲目虚荣地追求名牌，而应该在能力范围内给自己最好的。

（4）

我还想讲一个姑娘的故事，她不是我的朋友，而是我一直喜欢的畅销书作家嘉倩。

经历过婚姻的压抑和折磨后，嘉倩在二十八岁时离婚去冰岛工作生活。这一年多，在那个世界尽头一般、全国只有三十三万人口的神奇国度，她白天去公司上班，晚上在灯下写作，还交朋友、做义工、旅行，在简单朴素的生活里，慢慢治愈了自己。

她让我看到，一个女孩子，哪怕满身伤痕，掉进生活的最低谷，连自己都怀疑过往荣耀是梦境一场，却依然可以换一种生活方式，找到新的乐趣，治愈自己的伤口，收获新的成长。

嘉倩说她只是个普通姑娘。其实她一点也不普通，二十多岁的时候一直在远行，旅居过很多国家，也一直在全力追求着自己的职业梦想。她全职写作四年，辞职做“交换梦想”项目的时候，家人都反对，周围人都觉得她不过是四处见网友，无业浪荡。直到她的作品出版，一本一本的畅销书面世。

见过世面的姑娘，纵然世界崩塌，灵魂仍是压不垮的。因为她们享受过最好，也见识过最坏，懂得命运的起起伏伏不过是人生常态。可以悲伤，但不会被负面情绪吞没。擦干眼泪向前走，幸福会换一种面貌重新到来。

见过世面的姑娘太厉害，她们活得准确。见识过世界经纬和人间风景，才懂得自己是谁、想要什么，把自己放在准确的坐标系上，努力去活出自己喜欢的样子。

她们容易释怀与宽容，因为最好的、最坏的，千奇百怪的都见过，存在的就是合理的，无需去评判，只需坚持自己。

她们心里没有戾气，在顺境中感恩，在逆境中依然可以心存喜乐，将失去活成另一种获得。

读书、旅行、交朋友、做事业，都是见世面的方式。

愿你幸福，更愿你活得辽阔自由。

女孩子千万不能心穷

毛姆讲过一个骗婚惯犯的故事。

那是个专门在海滨度假胜地诱惑大龄未婚女子，重婚高达 11 次之多的家伙。据描述，此人其貌不扬、寒酸潦倒，竟然让那么多富家女对其倾心。

我想起一个患过抑郁症的朋友，她在医院治疗期间认识了一个重度抑郁的病友。那个女孩子家境优渥，竟然被网上的情感骗子骗去了将近 200 万。直到住进精神科医院，那个女孩依然执迷不悟，认为那个男人是深爱自己的。

骗子的骗术并没有高明到哪里，无非是嘘寒问暖、海誓山盟，然后就是突然生意周转不开需要投资、父母患了绝症需要钱救治，简直拙劣至极。就是这样的小儿科骗术，竟然可以骗得身家清白的姑娘血本无归，甘愿“低到尘埃里”，相信那些所谓不得已的苦衷都是爱自己的证明。

江国香织的小说《东京塔》里，男主角是两个高中生，他们都有比自己大十几岁的情人。其中一个男孩一边交往着同龄年轻女友，一边猎获大龄已婚女人。他说“大龄女人更天真”，不需要付出真金白银和赤胆忠心，一句好话就能把她们骗得团团转。

那些被骗的富家女，锦衣玉食地长大，为何轻易就被一颗棒棒糖骗走?

因为，她们的心太穷了。

心穷，是一种情感上的极度匮乏，就像一场波涛汹涌的心理饥荒。因为匮乏和饥荒，她们太渴望爱情、渴望婚姻，渴望走进她们自己编织的童话梦境。她们会催眠自己，对那些荒诞和危险选择视而不见，像抓住救命稻草一样抓住一个男人。

后台有很多女读者深夜咨询——

她在孕期遭遇家暴，舍掉半条命生下宝宝，男人却更加有恃无恐，一言不合就拳脚相加。她常年伤痕累累，背负着身体的伤痛和精神上的耻辱苦苦挣扎。

她收入颇丰，经济足够独立，却没有勇气离婚。

她 30 岁那年迫于“压力”走进婚姻，婚礼视频拍出一张清冷而委屈的脸，怎么看都别扭。她今年有了宝宝，却没有初为人母的喜悦，“望着 10 楼的窗户，常常有跳下去一了百了的冲动”。

她大学毕业暂时没有找到理想工作，在父母的“威逼利诱”之下回家乡小城选了体制内的稳定工作。三年来，每天不是在相亲就是在去相亲的路上，现在的生活就像噩梦，可是她没有心气再去改变……

很多女孩子就这样生活在隐形的泥淖里，她们仰望天空，渴望繁星，却最终失去争取好生活的勇气。那种挣扎和放弃，其实来源于内心深处的恐惧。

恐惧什么？恐惧未知，恐惧变数，恐惧努力过后结局是一场空。

而这恐惧的根源又是什么呢？是心太穷。

心穷是一种“短视”，意味着思维的局限、眼界的狭窄、判断力的偏差、信念的不足。

心穷的女孩子自我价值感太低，总在无意识地取悦这个世界，用男权的视角来规范和要求自己。她们习惯忍耐，擅长用麻木和自我催眠来逃避及让痛苦合理化。

小 S 过生日，姐姐大 S 为其精心策划，场面盛大热闹，好友悉数到场，唯独不见老公许雅钧的身影。深夜宾客散尽，小 S 独自坐在床边痛哭，并开了直播，场面令人心酸。我的小女友感叹一句：女明星又如何？生不出儿子还不是一样不幸福。

而我只是觉得脊背发凉：她其实有更好的选择。

她们其实都有更好的选择。

哪怕华服加身、盛名远播，心穷的女孩子都无法逃离深刻的自卑。这自卑仿佛宿命，不易觉察，却如影随形。

它或许只是来源于性别本身的赋予。

物质上的贫穷并不可怕，困住一个女孩的也并非她的出身、外貌或者财富，而是“观念”二字。

心不穷的女孩，拥有丰盛而流动的精神能量、强大而宽阔的内心世界，有等待真爱的底气、理性而精准的判断力、追求理想生活的勇气和决心。

读大学时，我们系有个长得不漂亮的女孩，当别的女同学在约会的时候，她一个人躲到图书馆自习。她没有男生追，常被男生们当作笑柄。他们捉弄她，想让一个外系男生出面追她，再狠狠抛弃她，他们好看笑话。她没有上钩，那个男生却弄巧成拙，真的爱上了她，很是苦恼。

后来，女生拿到全额奖学金出国念硕士，如今早已事业有成，家庭幸福圆满。每次想起她，我总想到简·爱那段著名的话——

“你以为，因为我穷、低微、不美、矮小，我就没有灵魂没有心吗？

你想错了！——我的灵魂跟你的一样，我的心也跟你的完全一样！如果上帝赐予我财富和美貌，我会使你难以离开我，就像现在我难以离开你一样。我现在跟你说话并不是通过习俗、惯例，甚至不是通过凡人的肉体，而是我的精神在同你的精神谈话。就像两个人都经过了坟墓，我们站在上帝的脚下是平等的，因为我们是平等的。”

另一个女孩子，在父亲的酗酒、家暴和贫穷中长大，可她没有变成“问题少女”，甚至比一般女孩过得还要好。她一边打工一边读书，攒够了钱，到巴黎学了她最喜欢的服装设计，有了一个三观合拍的灵魂伴侣。

See（看看），都说性格决定命运，决定性格的又是什么呢?

是观念。

顾影自怜、委曲求全、一叶障目、圣母心、公主病……这些都是心太穷的观念。

“心穷”的女孩子走不远，她们被狭隘的认知和观念拖死了。只有内心丰盈富饶，只有真正爱自己，才有灵魂的高贵，才能抵达想去的远方。

别怀疑，你最珍贵。

我的人生很贵，恕不奉陪

刚毕业工作的小读者问我：不喜欢的女同事总喊我逛街，怎么办？

我说，不想去就拒绝啊。

她说，不知道该怎么拒绝，怕同事生气，更担心自己寂寥冷清，不会社交、人缘差、不合群。

我想起自己，以前在北京上班的时候，每周至少三天奔赴各种饭局和 party，夜里 12 点踩着一地月光回到家，脱掉高跟鞋，卸掉睫毛膏，更加空虚和寂寥的感觉却涌上心头。

那时候，我的生活看似丰盛热闹，实则陷入真正的困境。廉价的抱团取暖并没有从根本上解决我人生的困境，反而让我陷于表面的繁荣，逃避了实质的问题。

巨大而陌生的城市每一天都在上演不同的剧情，人们容易相识，更容易相忘。

离开北京之后，曾经一起把酒言欢、夜夜笙歌、畅谈人生和理想的朋友，沦为微信上的点赞之交。没有“何当共剪西窗烛，却话巴山夜雨时”的怀念和憧憬，我们甚至吝啬到再也不会给彼此发一条消息。

在新城市开始新事业，我常常忙得焦头烂额，在清楚了“每一张纸巾都需要自己赚”之后，我变得没有时间社交，甚至跟出版社、合作商谈事的时候都要控制时间成本。

那些不相干的、纯属 kill time（打发时间）的聚会，我当然都拒绝了，然而我的人生开始一点一点变得好了起来：

我开始真正站在了梦想的起跑线上，非常高效地推进工作的进展，掌控着事情的节奏。

我和家人的亲密关系更好，内心更加幸福、情绪更加稳定，因为我舍得花时间去陪伴他们，去经营关系。

我重要的朋友，珍贵的、有价值的友情变得清晰可辨，他们就像珍珠，大浪淘沙之后才显现出耀眼的光芒，而我知道他们会一直在。

因为我明白了人生最珍贵的是什么，所以如今对那些看似繁花似锦，实则无聊、无趣又无用的社交，可以很笃定地说：恕不奉陪。

你把时间“浪费”在哪儿，就会成为什么样的人。

忙于社交的人，他们的精力和时间都消耗在如何穿衣打扮更受欢迎，怎么说话妥帖而机灵，怎样让别人喜欢自己，如何结交到高层次的朋友……

他们很看重人脉和人缘，会因为某个朋友忽然疏远了自己而惴惴不安，却没有意识到其实这是非常大的内耗。人的注意力是有限的，人的一生只有两万多天，你倾注了时间在 A 上，就必然会折损掉投入 B 的时间。

人类真正的价值在于创造，真正的幸福来源于亲密关系。

而你无论在任何领域取得成就，都至少要花 20000 个小时专注投入。你想拥有稳定有质量的亲密关系，也就必然要花时间去深度陪伴对方，去消解误会，去彼此共同成长。

我发现，聪明人不会陷于无效的社交，也不会和消耗他们的任何人与事过多纠缠。他们往往看起来我行我素、喜欢独处、不在意他人的眼光和评价，甚至冷漠得不近人情。

这是因为：

1. 他们没有自卑感，无需用觥筹交错的热闹、他人的评价来满足自尊和安全感。

2. 他们明白一件事：时间是一个人最宝贵的财富，一定要用在可以创造价值的事情上。

我的小女友刘晓猫，大学和研究生念的是北大最顶尖的专业，毕业后在一家高强度的金融公司上班，忙到飞起，我和她每次见面时间不超过 15 分钟，想约个饭一直未遂。

她下班后都干吗呢？

她把所有的业余时间都用来做她最热爱的事——画画。

去年她作为插画师为出版社的图书画插画，出版的两部作品都令人惊艳。前不久我的编辑说想给我的书配插画，但找了好多插画师都不满意，问我有没有人可推荐的。我把刘晓猫的名片给她，编辑淡淡地说：让她画个样图看看吧。

第二天，编辑特别激动地找到我，说自己被晓猫的画征服了，想马上签合同，问我同不同意。

你看，你的人生其实很贵，要把时间用在真正有价值、有意义的事情上，因为才华和实力，永远比所谓的人缘重要。

也许你会说，中国是个人情社会，有些社交和应酬我也不想参加，可是为了生存，为了发展，被逼无奈啊。

讲个真实的故事：

我有个研究生同学，父母都是生意人。他爸爸从来不参加酒局，不去 KTV，也没有人敢邀请他爸爸去 KTV 那种地方。

为什么呢?

同学小时候，他爸爸第一次被邀请去 KTV。那种地方你懂的，不单纯是唱歌而已。他爸爸拒绝无效，硬着头皮去参加了，不过，他是带着老婆和儿子一起参加的。当时在场的人都震惊了，此后就再也没有人敢发出此类邀请。

同学爸爸的生意一直如日中天，未受到丝毫影响。因为真正的人脉从来不是攀附，而是吸引。你有多大的价值，就会吸引多高级的朋友来找你合作，来同你交换价值。

价值的交换，除了真金白银的利益，还包括对事物的认知、对人生的领悟、对世界运行规律的深刻洞察、对未来趋势的高度预见。

微信创始人张小龙曾说："我从未见过一个热闹的人，会发出耀眼的光芒。"

你的价值和实力，都需要在独处中修炼和建造。

愿你把时间当作好的朋友，珍视它、运用它，去创造热爱的事业，去陪伴真正爱的人，在有限的生命里，活得无限宽阔、斑斓、丰盛。

愿你有勇气和底气，对那些你不喜欢的人和事说：对不起，我的人生很贵，恕不奉陪。

你能穿对衣服爱对人，就是一种才华

假期里翻看电脑存储的旧照片，我被自己吓到了。

有一张照片上，我贴着假睫毛，擦了大红唇，一脸僵硬惨白，躲在一套老气横秋的职业套装里，在会议上讲 PPT，笑得好浮夸。

另一张照片是在金碧辉煌、灯光摇曳、美人与酒杯齐飞的年会 party 上，我裹着一条抹布一样的白色棉裙，光脚穿着球鞋，好像一个贫穷的牧羊女。

衣品滑稽到爆，我也有不堪的曾经？我赶紧关上电脑，喝口水压压惊。

想起来，那应该是 5 年前，我当时研究生三年级，在一家跨国公司做实习生。公司位于国贸附近的高级写字楼，下了地铁，走在长长的地下通道中，迎面而来的全是妆容精致、衣着光鲜、自信又傲娇的office小妖精。我自卑得像一只过街老鼠，扶着墙根慢慢往前移。

入职不久，适逢年会party。我哪里见过世面，随便穿一条棉布裙子，像在学校里参加联欢晚会一样。结果，男同事西装革履，发丝一丝不乱；女同事更是走红毯的阵势，全是女明星一样的高级妆容和露肩礼服裙。我又囧又惊，party不到20分钟，就找个理由落荒而逃。

我慌了神，露了怯，从此更加用力过猛：

花血本买了人生第一套西装，每天5点钟就起床化妆，穿7公分的尖头高跟鞋。乘坐一个小时的地铁去公司，中间要换乘3次；到公司第一件事，就是冲进洗手间，揉一揉被磨得生疼的脚后跟。

你也曾有过这样的青涩时光吧？

什么都不懂的年纪，这个世界的丰饶繁华忽然就在你面前铺开，你诚惶诚恐又跃跃欲试，因为慌张所以故意侃侃而谈，因为胆怯所以刻意假装成竹于胸。

你无法拒绝，无力分辨，更不懂得用怎样的姿态去面对。为了配得上这份美好，你把自己PS成想象中那个更美好的人。

我一位女友23岁那年被一富家子弟追求，对方是那种耀眼的男孩子：小时候在国外生活，读一流名校，功课很好，英文法文都很厉害，不是那种只会泡夜店和泡妞的纨绔子弟。他还特别礼貌周全。第一次约会，给女友的室友都带了礼物；尊重女友的感受和意见，只要她拒绝的事，他从来不会强求。

女友出身于三四线城市工薪家庭，为了配得上这样的钻石男友，她开始认真研究如何做一个名媛和淑女。从化妆、穿搭到居家、烹饪，从研究各个流派的画家到背诵各个国家的历史名胜。她还要研究一线名牌，不能在男朋友一脸认真地问她想要什么生日礼物的时候，只能说出一个十八线不知名的小牌子，让人笑话。

她很累，每一步都走得小心翼翼、如履薄冰，却甘之如饴。

这段关系没能走到终点，不是因为男友移情别恋，也不是未来婆婆嫌弃她的身家，而是因为一件很小的事——

那天他们开车去郊外看桃花，中午吃饭的时候碰到男友的几个哥们儿，大家聚在一起喝了点酒。饭毕返程的时候，男友很自然地把保时捷的钥匙扔给她，她接过来，却连怎么打开车门都不会。

男友脸上的惊讶一晃而过，随即恢复了平时的温和宽厚。可是等代驾的一个小时那么漫长，女友觉得太尴尬，恨不得找个地缝钻进去。

那一刻她懂了，这个男人的条件再好也不是她想要的，满足虚荣并不是爱。

你看，再强大再精明的姑娘，也有一些“不堪回首”的过去。所以，穿错衣服、表错了情、和根本不适合自己的男人虚度光阴，并不是因为你不配，也不是因为你情商低，而是你还没找到那个叫“自我”的东西。

纵然有很多爆款文章告诉过你，什么口红是斩男色，什么衣服最in（流行）、最性感，什么样的男人不能嫁，你依然不能过好这一生，因为很多事情你没有亲自经历，没有痛彻心扉的领悟，没有情绪崩溃，没有在深夜里号啕大哭过。

躲在玻璃罩里，用着别人的经验，是过不好这一生的。

你羡慕那些非常年轻的姑娘，穿对衣服爱对人，看起来拥有了一切。可是你知道吗，这种才华需要你清楚地明白“自我”是怎么回事，才能游刃有余地用好它。

什么是“自我”？

“自我”这个东西是不会自动显现的，它需要你去尝试做一些事情，去碰壁，再弹回来，然后舍弃一些，才会发现真正的“自我”是什么。

很多二十来岁的女孩子问我，怎样才能像你一样从容优雅，很淡定地做自己喜欢的事，和对的人在一起?

很抱歉，你只能等。

等时光将你的青涩和莽撞打磨得更柔软一些，等你在漫漫人世间再多经历一些爱恨和冷暖，等你终于敢倾听心底真实的声音，不再较劲，也不再顾影自怜，不再仰视他人，也不再妄自菲薄。

其实我二十来岁的时候比你糟糕多了，不会穿衣服，不懂得交朋友，不明白自己想要什么，不是用力过猛，就是自暴自弃。

研究生毕业之后，我才专门报了班学习形象管理。去各个品牌专柜试衣服，找到最适合自己的 style（风格），而不是疯狂购买网红同款。

我不再跟随潮流去选择流行的口红色号，更钟爱平底鞋的精致浪漫和稳稳的安全感。

我的那位女友早已嫁作人妇，先生不是土豪，80 平方米的房子需要两个人慢慢还房贷，至今也没有摇到北京的车牌。她却视若珍宝，给她全世界都不换。

这是一种底气，也是经历一些人生曲折和世情冷暖之后，懂得选择的智慧。

我以前不懂平凡的人生有什么值得度过，我想要的旷世才华，是张爱玲那样的肆意挥洒、不可一世，用文字让自己名垂青史。要么，就如梵 · 高，虽生前潦倒，却用艺术成就了一个不朽的名字。现在忽然明白，其实把普通的人生过得从容、快乐，是非常了不起的事。你能穿对衣服爱对人，就是一种了不起的才华。

女人的路并不好走，幸福女人更是在每一次眼花缭乱的际遇和选择中，倾注了更多的才华和勇气，才有了今天的不惊不惧、举重若轻。

第二章

愿你遇良人，愿你得真心

爱老婆的正确打开方式

在某电影的首映礼见到黄晓明时，我的脑子里还是那场童话般盛大婚礼现场，当时他说："我想要把所有最好的东西都给你，我要把你宠坏了，这样别人就没法把你抢走……"

但是，最让我内心震动、让我刮目相看的，不是黄晓明给 Baby 送花送跑车，买冰激凌喂饭，也不是那梦幻般的婚礼，而是他在事业上对 Baby 的切实帮助和鼓励，帮她实现自己的梦想，让她成就更精彩的人生。

南都娱乐周刊采访黄晓明，问："Angelababy 的事业越来越好，也越来越忙，这样感情会不会变得更难？通常来讲，大家都认为一个强一个弱比较好维系感情吧？"

黄晓明回答的原话是这样的：

“我跟 Baby 开始恋爱的时候，我认为她条件特别好，不做这行太可惜，我要尽力帮她。但是她对事业并没有太高要求。我告诉她，如果我们将来分手，你一定会怪我，因为你可能会想：‘我踏踏实实跟着黄晓明，导致自己一事无成，连自己的事业都放弃了。’我不想这样。我想帮你实现你的梦想，这样将来无论我们在不在一起，你都不会怪我，甚至会感激我。”

恐怕没有几个女人能受得了刚刚恋爱，男朋友就预设好万一将来分手怎样怎样。哪怕是掩耳盗铃，我们天然喜欢的方式，仍然是男朋友无微不至地体贴照顾，甜言蜜语，海誓山盟，永远爱我对我好……

我一起写作的朋友卢璐告诉我，她和先生刚刚在一起的时候，有一次很多朋友一起吃饭，她去洗手间的空当儿，偶然听到先生跟朋友们说：“我娶卢璐的最大原因，是觉得她离开我也能很好地存活下去。”

当年的卢璐和很多年轻的姑娘一样，满脑子都是王子公主的粉红色泡泡，听到这样的话当然火冒三丈——你娶我的原因，不应该是你想用一生爱我，对我好吗？

是的，我们喜欢听男人说：“我会永远爱你！”“工作这么辛苦就别做了，老公养着你。”

女人容易在爱里丢掉自己。

精明独立如张爱玲，23 岁就成为红透上海滩的女作家，在遇见了她的至爱胡兰成后，依然是“爱一个人就想吃他的用他的”，胡兰成送了她一件皮衣，她感动至极，在文章里数次提及。

爱老婆的男人当然愿意赚钱养家，竭尽所能地给爱人提供丰饶的物质，为她遮风挡雨。可是，若你真的就此躲在爱的怀抱里，变得身无长物，不再专注自我成长，不再精进职业技能，恐怕是最大的冒险。

爱不是假的，可是我们都无法预测未知的变数。

亦舒的小说《我的前半生》里，子君在 33 岁之前都过着衣食无忧的阔太太生活，在她眼里，她的好友唐晶是需要自己谋生的可怜单身女郎。

可是 33 岁那年丈夫和她离婚，子君才如梦方醒，一切的安定繁荣皆成过眼云烟。此时她已蹉跎掉最宝贵的青春岁月，只能去找月薪 3000 的初级工作。

举这个例子，并不是说男人都会变心，而是想表达，婚姻不是一张保险单，也不是结了婚就可以骑在另一个人头上过一辈子。一个人的人生本来就该自己负责，至少应当拥有应对变化的能力。

可遗憾的是，大多数女人都招架不住男人的甜言蜜语、小恩小惠，还有那句“我养你”。

多少原本在专业上很有灵气、有才华、有野心的姑娘，原本可以拓展出更辽阔的人生疆域和更丰富的生命体验，却在建立了家庭之后，甘愿退居主妇的位置，囿于一方小小天地，围着厨房和老公的衬衫、皮鞋打转。

这里面有传统价值观念的推波助澜，有女人的懒惰和侥幸，更有男人的“以爱之名”。

我当然不否认家庭主妇的价值和贡献。但是我始终觉得，女人的人生也应该是辽阔的、充满选择的、丰富的以及珍贵的。她们不该被狭窄地定义。

男人对女人最好的爱，绝对不是“我养你”。

很多年前认识一位姐姐，当时她在全国顶尖的时尚杂志工作。她年轻美丽，聪明而有趣，在杂志社做得风生水起。后来，她遇到了特别满意的一份爱情，匆匆走进了婚姻。

结婚后的第二年，她生了小孩。老公多金又体贴，担心她工作太累，就劝她干脆辞职在家做全职太太，养家的事交给他就好。

时尚杂志工作的强度特别大，采访、出差和加班特别多，她生活安定舒适，没有经济压力，初为人母时眼里只有小小婴儿，就萌生了退意。

如今多年过去，他们全家已经移民到美国，老公爱她如初，孩子聪明可爱。偶尔在微信上联系，我感慨她的人生已够完美，她却忍不住叹息，说自己几度陷入抑郁——在外人看来一切都很好，她自己却常常被无价值感击溃，甚至连诉说不开心的资格都没有，别人只会笑她不知足。

当初因接住一句“我养你”，她感动到无以复加。从琐碎和匮乏里走过，在世俗人情里见过，才明白，被男人宠成公主，远没有自己做女王更爽。

因为自己放弃的，是身后的一整片王国。

男人爱女人的最好方式，不是为她买包买车，不是供养她衣食无忧，而是倾己所有，帮助她实现她的价值和梦想。

女人对男人最好的爱，不是为他洗衣煮饭，不是给他叠被铺床，而是尽其所能，专注成长，在他失意时，可以给他最切实的陪伴和支持。

感情并不是一强一弱才好维系，而是两个人携手同行，共同进步和成长。

很多人知道，我在全职写作之前做了 6 年的工程师，在学校里念石油地质专业念到硕士。当全世界的人都在嘲笑我的梦想时，只有一个人站出来说：“我相信你会成为一个作家，你一定要坚持写下去。”

这个人，就是我的老公。

在我无数次沮丧地质疑自己能不能把写作当成职业的时候，他都坚定地支持我；在我很多次偷懒、拖延，想要放弃的时候，他都“狠心”地鞭策我。

他从来没有跟我说过：“不要那么累了，老公养着你。”

他知道那不是我要的。他知道我的人生和梦想有多么珍贵，他要小心翼翼保护、支持和成全它。

我的朋友琴台也是。她 36 岁才开始写作，写了将近十年，如今仍一边在单位做领导，一边写作。她的先生主动承包了全部家务，自己带孩子，以此来支持她。她的先生从来不怕她太优秀、太有光芒，也不在意别人说他是“老婆奴”。

《圣经》上说“爱是恒久忍耐，又有恩慈”。这个恩慈，我觉得就是成全。

成全是什么？就是站在你的角度，从你的成长背景、你的价值观念、你的理想甚至你的痛苦出发，把你作为一个独立的人，设身处地为你着想，给到自己能给予的全部支持。

不是将你囿于家庭角色，不是把你绑在身边，让你的世界越来越小，而是放你去飞，去体验生命的丰富辽阔，去实现你想要的人生梦想。亦不担忧你会太过出色，可能给两人的关系带来不稳定的因素。

这是一种大爱。

愿我珍惜，也愿你懂。

找个愿意陪你说废话的人在一起

周六照例是家庭日。

自从结婚我们就约好，每周的这一天，不工作、不社交，只把良辰美景留给家人。两年多来，我们都践行得不错，已成为我们婚姻里小小的“仪式感”。

上周六，我心血来潮要去看阿房宫遗址。那是个阴天，整个城市都笼罩着阴郁寂寥之感。我们从繁华市区开到荒凉破败的郊外，街道两旁凋敝的楼宇和凌乱的交通秩序无一不散发着贫穷得兵荒马乱的气息。

按照导航到达景区时，我傻了眼。

“覆压三百余里，隔离天日”的阿房宫，只剩一个普通得不能再普通的小广场。广场边上是被铁丝网围起来的树林，售票处已被拆毁，新的高楼正在拔地而起。

我们相视而笑，坐在广场的台阶上聊天。

读了一遍《阿房宫赋》给他听，又第N遍讲起，几年前我一个人去看苏轼的故居，在眉山的书店买了一本《苏轼词集》，在苏轼家的花园里读苏轼的词，那种寂寥而清明的心境。

后来我们又聊起小时候的事，聊起恋爱时第一次旅行，在冷风乍起、大雨如注的异乡夜里就着忽明忽暗的路灯，开了好久的车去吃铁锅鸡；聊起身边朋友的八卦，聊起这两年的颠沛流离，又第N次畅想了我们的未来……

几个小时后，我们打算回家。

走到停车场，他说要去洗手间，我就坐在洗手间外的长凳上等他。

等他在我身边坐下，两个人又开启了“话痨”模式。直到进进出出的人都在奇怪地打量着我们，这才恍然大悟：“我们为什么要坐在洗手间外边聊天？”

有未婚的小女孩问我，结婚后还有没有浪漫？

对我来说，婚姻生活最大的浪漫，不再是刻意为对方制造盛大的惊喜，而是每天的十指相扣，在一起时有说不完的废话。

这些废话里隐藏着绵密的幸福感和笃定的安全感，它们构成了我的“小确幸”，也决定着婚姻的温度。

心理学研究表明：一个人，说的话如果有 90% 以上是废话，这个人就容易感到快乐；假若废话不足 50%，这个人就不容易体验到快乐的感觉。

作家苏岑说：“幸福，大概就是找到了一个愿意听你说废话的人。”

杨绛在《隐身衣》一文里透露，她和钱锺书“有时说废话玩儿”——

“‘给你一件仙家法宝，想要什么？’

“我们都要隐身衣，各披一件，同出遨游。我们只求摆脱羁束，到处阅历，并不想为非作歹。可是玩得高兴，不免放肆淘气，于是惊动了人，隐身不住，得赶紧逃跑。

“‘哎呀！还得有缩地法！’

“‘还要护身法！’

……

电影《大内密探零零发》里，有一个特别暖的桥段：周星驰下班归来，与妻子刘嘉玲像两个孩子一样打闹玩耍，互喊“老公老婆”，废话连篇，特别疯癫，我却看得泪盈于睫。

真爱你的人，才会在你面前袒露脆弱和幼稚，陪你做毫无意义的事。

胡兰成在《今生今世》里说：“我和爱玲是桐花万里路，连朝语不息。”

上世纪 40 年代，张爱玲是名震上海滩的年轻作家，万人瞩目，不可一世。却爱上不高不帅、又老又有家室的胡兰成。那是张爱玲一生里最为花团锦簇的、炫目的时光。他们在她的寓所里，有着聊不完的话。

你为她不值，可哪懂她巅峰的快乐。哪怕明日山河破碎，趁今天。

我一直觉得，若不是身处乱世，他们是可以长久的。就连他的不忠，她其实也是欣赏的。

幸福没什么秘诀，找个愿意陪你说废话的人在一起。

愿意陪你说废话，至少说明你们的关系是积极建设性的：

有沟通的欲望

亲密关系里最可怕的，不是背叛，而是冷暴力、不沟通、没话说。

有人做过调查，那些去民政局离婚的人，但凡还愿意争执、吵闹的，多半离不了婚；而那些特别平静、连话都懒得说的，百分百婚姻走到了死局。

良性的沟通和互动，才能使链接真正发生，亲密感也由此而来。

有相合的三观

人是观念的动物。聊得来、废话多的两个人，多半三观相合、内心风景相似，灵魂有着相同的质地。这样的两个人在一起，容易互相理解和接纳，相处得不累，当然感情的浓度和关系的质量会高。

人在本质上都是孤独的。沟通和分享，是镶嵌在我们基因里的天然需求。

电视剧《康熙王朝》里，贵为一国之君、有后宫粉黛三千的康熙，却最爱容妃。他到容妃那里，最爱说的话是“朕想和你说说话”。后来不得已废了容妃，每当心中积郁、想要找人说说话时，他都会走到容妃宫前，却已是人去楼空。戎马倥偬的千秋大帝，却连个可以说话的人都没有。

最美好的事物，多半是无用的；最美好的感情，多半是卸下盔甲和防备，彼此有说不完的废话。

找个愿意陪你说废话的人在一起，你的人生就成功了一半。

凤凰男的欲望和理性

张爱玲在《红玫瑰与白玫瑰》里，有这样一段经典名言——

“也许每一个男子全都有过这样的两个女人，至少两个。娶了红玫瑰，久而久之，红的变了墙上的一抹蚊子血，白的还是‘床前明月光’；娶了白玫瑰，白的便是衣服上的一粒饭粘子，红的却是心口上的一颗朱砂痣。”

我觉得，那些活得特别明白的男人都娶了自己最爱的女神，哪还有什么朱砂痣、蚊子血的遗憾；只有像书中男主角佟振保这样的凤凰男，才会把人生活成一个大写的拧巴。

佟振保出身寒微，和寡母相依为命，是典型的生活在社会最底层的人士。但是他聪明又勤奋，凭借自己的天分和钢铁般的意志，一路攀爬进上流社会。他出国留学，学成归国后进入大公司工作，靠读书改变了自己身处的阶层和原本的命运。

佟振保喜欢的是王娇蕊这样热情奔放的红玫瑰。红玫瑰娇艳但是有刺，王娇蕊不仅有老公，还有很多像悌米孙这样的暧昧情人，她在感情方面久经沙场，阅人无数，却在佟振保这里马失前蹄，真心实意地爱上了他。

为什么很多生活条件优渥、没有经历过人世沧桑的姑娘会被凤凰男吸引？因为凤凰男看起来大都是很靠谱上进的好青年，他们早年的清贫生活令人同情，后期的艰苦奋斗又令人敬佩，两者加在一起，会激起女性的母性柔情和女儿般的崇拜。

可惜，凤凰男对待感情绝不像他们打拼学业和事业时那般忠诚刻苦。底层的人是没有资格太看重自己的欲望和感情的。生存已如此艰难，还要背负光宗耀祖的光荣使命，他们的人生犹如一台早就设计好的精密仪器，不容许有半点的差错和失误，他们怎么可能为了一个女人而改变自己的人生大计？

所以，《致青春》里的陈孝正面对女朋友要和他一起吃苦的请求，还是绝情离去；《红玫瑰与白玫瑰》里的佟振保在回国前，面对哭得稀里哗啦的初恋女友，还是发乎情、止乎礼。这不是什么尊重或者

“为她好”，而是一种凉薄和算计。

凤凰男考虑问题用的是大脑而不是心灵，他绝不会破坏自己的人生规划。佟振保对初恋女友的算计在于：“怎样”了，不过是一夕之欢，放在心里，日后寂寞的时候缅怀一下；不“怎样”，却可以作为一项纪录，拿出去跟人夸口，做个现代版的柳下惠，在众人的佩服中，有一种精神上的满足。

王娇蕊在佟振保面前是有优越感的，就像很多家境富裕的女孩嫁给个贫穷的男人，自己车房俱备，不要男人花一分钱，以为就可以换得男人一生一世对她好。其实完全不是这样。凤凰男从小就看尽了世态炎凉，根本就没有体验过爱和被爱，他们取得的一切成就，都是靠自己艰苦奋斗打拼来的。他们会孝敬父母，提携亲戚，尽全力维护与领导同事的关系，在外人眼里是一个标准的好人形象，却唯独不会对自己的女人太好。

这样的标准好人背后，应该是一个克己复礼、贤良淑德、无私奉献的妻子。她不需要貌美如花，也不需要生活的情趣，只需站在他的身后，成为一个标准好家庭的形象。

所以佟振保才会放弃了热情奔放的红玫瑰，娶了白玫瑰孟烟鹂。孟烟鹂是那种看起来温柔娴静、简单好控制的姑娘，这样的妻子符合凤凰男的标配要求。这是理性的选择，是一条看似无比正确的道路。

但是，佟振保错估了这样的婚姻。他一心想做个“标准好人”，他也曾经是个寒酸的穷人，但是后来见了些世面，有了些阅历，他已经无法像史上的那些“标准好人”一样，娶个女人回家放在那里，是个意思就够了。他对自己内心真正的渴望，无法轻易释怀。

所以结婚没多久，佟振保就开始不满意自己选择的妻子：他挑剔她，毫不留情地斥责她，而且又开始嫖了，还专挑丰腴性感的女人。他刻意地亵渎着自己爱过的红玫瑰，在潜意识中报复自己所谓的理性，报复自己曾经辜负了自己的残忍。

更加残忍的是多年之后佟振保与王娇蕊的重逢。那是一种发了福的、略显憔悴的、沾着脂粉的、苍老的美丽，终归是败给了岁月，以及生活。但也正是从这样的一种面目全非中，振保读出了娇蕊的勇气、淡定、坚硬和担当。王娇蕊对佟振保说：“是从你起，我才学会了怎样爱，认真的……爱到底是好的，虽然吃了苦，以后还是要爱的。”

佟振保，这个一向自诩顽硬的男人，竟猛地涌起了令人诧异莫名的泪水，滚淌着，同时裹杂着难堪的妒忌。他为自己规划的完美生活漏洞百出：孟烟鹂和婆婆不和，背着丈夫和裁缝出轨。佟振保的“好人梦”彻底破碎了，他放弃了自己爱的红玫瑰，原本是为了提防她的放荡，却不承想，看似温柔贤淑的白玫瑰居然背叛了他。

欲望真的是危险的吗？理性真的是可靠的吗？

张爱玲的小说里，给了凤凰男佟振保致命的打击和无情的嘲弄。

恭喜你，亲手调教出渣男

恋爱中女人通常都会得同一种“妇科病”，这种病叫“没有安全感”。

因为没有安全感、患得患失，所以会“作”。男人往往不理解女人为什么作天作地，明明只是一件小事，偏偏一定要上升到爱不爱的高度。女人的回答却容不得人犹疑：因为爱你才会作，不爱你的女人才会很懂事呢。

这个答案堵得男人哑口无言。

在所有“作天作地”的姿态中，最匪夷所思的一种就是试探——用小号或者陌生电话号码试探他、引诱他，看看他是否经得起别的女人的诱惑，是否对自己忠贞不渝。结果往往是失望和伤心。

很多情感专家都说过，人性是经不起考验的。可是每一个恋爱中的宝贝都觉得自己的爱情最与众不同，她眼里的他自带光环，哪怕长得一言难尽，她还是担心他分分钟会被别的姑娘撬走。

因为太担心失去，所以想尽办法给自己证明。

因为写作的关系，每天都有读者来找我咨询。

一个姑娘的留言说，自己闲得无聊拿男朋友开涮，注册了一个QQ新号加了男朋友，然后聊一些暧昧的话题。一开始男朋友对她爱搭不理，她觉得不带劲，各种引诱和投怀送抱，结果男朋友果然中了计，约她见面。

她很伤心，很失望，问我：男朋友是不是不爱她？是不是男人都经不起诱惑？

我只想说：恭喜你，你男朋友是个正常人。

在这种失望事件中，男人有没有责任？有！责任在于他不会拒绝主动送上门来的艳遇。

可是这全怪男人吗？我觉得90%的责任在女人自己——明明就是女人自寻烦恼，自讨苦吃，与人性为敌。

你明知道男人的弱点，却要去勾引他。就像你明明知道前面有障碍物，却偏不绕道而行，还要一脚油门撞上去。

小时候，我们看电视剧，最喜欢问大人的问题是：这个人是好人还是坏人？

小孩子眼里的世界非黑即白，一个人如果不是好人，那他就一定是坏人。

事实上，人性是复杂的，这个世界更多的是灰色地带。人内心的丑恶和善良，都不是存量，而是增量。它不是原本就封存在那里的固定要素，而是随着外界的诱因表现出不同的差异值。

就像以前曾看过的一个实验：有人拿出 100 万，要你和自己的爱人分手，对此很多人都一笑而过。那么出价 1000 万呢？这时有些人沉默了。如果出价到 1 亿呢？更多的人沉默了。

是的，这就是人性——你以为你决不会做出的事情，只是诱惑还不够而已。

狄德罗说过：“人类既强大又虚弱，既卑琐又崇高，既能洞察入微又常常视而不见。”

《金瓶梅》里的西门庆是个奸诈的商人、十恶不赦的淫棍。他骗婚、霸占家奴的老婆、包养妓女……被他宠幸过的那个惠莲因为事情败露上吊死了，他不过说了句：好可惜这个女人没福气。可是他的小妾李瓶儿死了，他哭得比贾宝玉还像个情种。

潘金莲呢，她刻薄、乱搞、没心没肺，只有挥洒不完的欲望，可是我又常常觉得她最天真。曹雪芹创作《红楼梦》里的林黛玉，一定是从潘金莲身上寻到了很多灵感，因为用佛教的真妄观来看，她们都一样的天真和率性。

一个习惯沉默的人，往往可能会做出一鸣惊人的事。

一个天性善良的人，也有可能成为杀人犯。

天使和魔鬼，有时候就是一个人的不同面。

选择高尚或者卑鄙，常常就在一念之间。

考验人性是最愚蠢的事。就像霍桑所说："人的本性中决无行善或作恶的所谓坚定不移的决心，除非在断头台上。"

一个男人，如果没有女人来试探他，他可能就是一个标准的好男人；经常有人暗示要跟他上床，他变成坏男人的概率就会大大提高。

所以，与其引诱他变坏，不如引导他变好。

聪明的女人会发掘男人的优点，鼓励他、赞美他，激发他人性中最纯良美好的那一面。

我们在爱情中千万不要做的，就是和真实的人性为敌，制造一个个假想的情敌去证明对方经不起诱惑；应该把恶的压力消解掉，把诱惑与试探降到最低，这样才更可能成为快乐而善良的伴侣。

乖女孩为何总被渣男吸引

从小学到高中，我都喜欢班里那些成绩差、叛逆、爱逃课、专和老师作对的坏男生。那个时候我是课业优异的好学生，一直担任班干部，为了配合自己的“头衔”，小小年纪就总板起面孔，树立威严。

成绩好的乖宝宝是吸引不了我的，我觉得他们太无趣。高中的时候，我喜欢隔壁班一个男生。他除了体育课照常上，其他课都逃课去网吧打游戏，去别的学校踢足球。当时的我真的很痴迷他，体育课的时候常趴在教室窗台上看他踢球的身影，总想着，什么时候我可以活得那么嚣张和不羁啊？

到了大学，我的叛逆期才姗姗而来。我学会了逃课，鄙视一切规则和所谓的成功，成天和 BBS 上的学渣混在一起，去 KTV 通宵、去混文学社。不再做乖乖女后，我发现那些成绩优异、担任学生干部、根正苗红的好青年忽然有了光芒。

我表妹从小家教严格，一直是尖子生，考上了北京的名校，后来又拿了奖学金出国念书，毕业后进了500强跨国企业，工作做得风生水起，唯一的遗憾就是情路一直坎坷。

她的第一个男朋友是大学时交的一个社会青年，没有念过大学，高中毕业就出来闯荡，一身江湖气。我姨妈很费解，自己的乖女儿为何放着名校的大把追求者不喜欢，偏偏爱上了一个社会青年？

表妹的第二个男朋友是她同学，是那种纨绔子弟，特别花心也特别渣，没多久就移情别恋，和表妹分了手。表妹因此伤心了好几年，后来兜兜转转，一直走不出“爱上渣男”的奇怪轮回，每一次都是真爱，也真的很受伤。

乖女孩为何总会被渣男吸引？

我读过一些类似的分析，说乖女孩从小生活的环境简单，被保护得太好，没有识别和分辨人渣的能力。一开始我觉得有些道理，但是我身边很多例子中，女孩并非不知道那个男人很渣，但就是深陷其中无法自拔，也不想拔。

后来读《呼啸山庄》，富家乖女凯瑟琳爱上性格阴郁而邪恶的希斯克里夫，书中的一句话让我格外震动："He is more myself than I am（他比我更像我自己）."

是的，"他比我更像我自己"。

吸引乖女孩的，是她们从渣男身上看到的被压抑的自己：是内心深处被压抑的欲望和生命的活力。

乖女孩从小被要求课业优异、处处得体、善解人意，她们的生活有很多规矩和禁忌，理性克制是她们的常态，一些本能的欲望和专属于 teenager（青少年时期）的叛逆和探索欲，被压抑到潜意识的深处。国外这个年龄的孩子在组乐队、谈恋爱、疯狂玩乐的时候，我们乖乖坐在课堂里，下课回家还有永远做不完的试题。"做个好学生，考试进前三"像个紧箍咒一般禁锢着身心，每日不得轻松。

人性都是相似的，大部分十来岁的青少年都活得梦幻而迷离，身体里有很多欲望，就像王小波说的那样："我想爱，想吃，想变成天边忽明忽暗的云。"

而那些"坏男生"呢？他们的存在本身就是对规则的一种对抗，是乖女孩被压抑的潜意识部分外在的显像。所以，乖女孩如果没有灵性层面的自我反思和成长，长大后就会很容易被"渣男"吸引。吸引她们的并不是那个男人，而是"打破规矩和禁忌"的快感。

同样的，有些老男人喜欢找年轻女孩，吸引他们的也并非性或者年轻姑娘美好的胴体，而是他们想从年轻女孩身上找到自己依然年轻鲜活的幻觉，从而摆脱时光流逝的无力感。

马尔克斯的封笔之作《苦妓回忆录》，讲的就是这样一个老男人：他打算送给自己的 90 岁生日礼物，是和一个 14 岁雏妓疯狂一夜。当他走入妓院的一个房间，躺在床上的是一个全身赤裸、汗光粼粼的 14 岁少女，温柔热烈如同小斗牛。她服了迷药，昏睡不醒。老人吓得落荒而逃。

他生日那晚并没有和这个少女上床，老鸨因此而嘲笑他。与上床的满足相比，他被一个更大的结论所震惊：在这个 14 岁的雏妓身上，他找到了真爱，90 年来的初恋。

《苦妓回忆录》的结尾，马尔克斯还是温柔地放过了自己，没有对“衰老”这件事太残忍：当老人 91 岁生日到来的时候，他不能在死前“和心爱的女人从未交合”，于是，他把自己的全部财产都赠送给了他的女孩。而鸨母宣布，那年轻的小妓女爱他爱得发狂，这使得将死的老人感到自己终于有了新生命。

人最大的遗憾莫过于“得不到”和“已失去”。对于已经失去的时光，老男人渴望从年轻姑娘身上寻回；对于得不到的那种叛逆的自我，乖女孩们企图从离经叛道的渣男身上获得补偿。然而我们都知道，只是不肯承认罢了：一个人的缺失，永远无法从另一个人身上得到弥补。

我们只是被那样的幻想强烈地灼烧着，所以《七月与安生》里的苏家明在乖女七月和叛逆女孩安生之间，还是更爱那个和自己不同的、落拓不羁的坏女孩。他不是不明白七月更宜家宜室，和自己也更般配，他只是有遗憾和渴望还没有完成：一种离开家乡去闯荡的强烈渴望，而安生代表的恰好就是那个辽阔大世界的致命吸引。

一个人只有了解自己，才能理解和这个世界和他人的关系。我想那些长大后依然被渣男吸引的乖女孩，一定是还没有放下心中的遗憾——我如果不那么懂事、不那么乖，看看世界会对我如何？当你明白了自己内心深处的缺失和遗憾，就能学会自我疗愈和成长，也就不会再从他人身上去寻找和弥补。

愿所有的好姑娘终获安稳幸福。

别嫁给那个把你当女儿宠的男人

2007 年，38 岁的高晓松迎娶 19 岁的夕又米，才子配娇妻，一时风光无两，被各大媒体传为佳话。

高晓松接受采访的时候说过这样一段话：“她跟我一起的时候还很年轻，甚至还没进入社会，所以她的基本世界观都是我塑造的……我老婆对这个世界的看法，甚至听什么音乐、看什么电影，都是受我影响的，所以我们大部分的想法都很一致，我觉得这样很幸福。”

这是多么令人羡慕的眷侣：他有才有趣，有足够的阅历、资源、背景，可以为她撑起一片世外桃源般的小世界。在那个小世界里，他收容她的天真莽撞，无知无邪；她被当作女儿一般娇宠，不需要去经历人世间的风雨。在他的小世界里，她只需做一只乖乖听话的金丝雀，接受他的教养和驯化，达到两人三观高度一致的境界。

结局我们都知道了——5年后的某天，高晓松回到家，坐在沙发上，忽然说，他想离婚了。因为他觉得不快乐，想要更多的自由和创作空间。

Excuse me？你一手带大的“女儿”，“听什么音乐、看什么电影”都受你影响的“女儿”，精神深刻共鸣、依然貌美如花的“女儿”，让你不快乐了？

前阵子，我总是会在社交媒体上看到这样的文章疯传，“要嫁个把你当女儿宠的男人”，当时我脑海里闪现出的画面，就是高晓松和夕又米。

他们曾热烈地爱过，他想要把她当女儿宠，也是真心的。甚至，他们超脱了普通人“为五斗米折腰”的生存压力，完全可以活在“诗与远方”的世界里。只是，这样的婚姻依然无趣，无趣到无法支撑着彼此继续走下去，最终相看两厌，一别两宽。

试想一下，如果你是一款游戏的设计者，游戏的每一道关卡、每一个机密、每一次通关诀窍都是你亲手设计出来的，你还有兴趣去玩这个游戏吗？通关的时候还会令你兴奋吗？

和菜头曾做过一个关于“出轨”的问卷调查，其中最值得深思的是：有 46% 的人选择了“阻遏出轨最有力的武器”是“共同提高”，仅有 10% 的人选择“同甘共苦”。

为什么是“共同提高”？和菜头试着解释说：“当代生活中，长期关系的双方是战友关系，生活就是战争。共同提高是减少自己在战争中因为能力不足而成为负担，从而被对方抛弃的可能性的唯一方式。”

这也恰恰验证了，婚姻中的双方，一方如父亲般大包大揽，在事业上独自冲锋陷阵，在生活上大到投资置业，小到吃什么晚餐看什么电影，都要一力承担，还要照顾家里那个女儿般的妻子，一言不合“女儿”就发脾气，“本宝宝不开心”从撒娇的情话变成真实婚姻里的咒语，在现实的、充满了生存压力和生活琐碎的婚姻里，这样的关系异常脆弱，甚至不用外部的诱惑，自身的失衡就会使这种关系滑向崩盘的境地。

我的一位朋友当年在中关村创业大街名噪一时，他拿到千万融资，年纪轻轻就成为 CEO，又娶了 22 岁的校花学妹，走上了“人生巅峰”。

那位 22 岁的姑娘，从此过上了只需貌美如花、撒娇卖萌就衣食无虞、人人羡慕的生活。

好景不长，她觉得他变了，不再是那个时时刻刻照顾她的情绪、有求必应的“好好先生”了。他更是觉得她不可理喻，自己忙到神经衰弱，回家还要照顾一个生活无法自理的小朋友。

他跟她讲公司的困境，她只会说：“LV 又出了新款，好漂亮哦！”

他跟客户开会，她微信发来消息，只为了问一句“这个是圆生菜还是花椰菜”……

亦舒的小说《我的前半生》里，子君原本是医生太太，出入有用人、司机，是个司机停车时没有停到她面前都会甩脸子发脾气的大小姐，30 多岁的时候，丈夫忽然宣布离婚，子君才恍然惊觉，自己一直被丈夫当作女儿般宠着养着，已经失去了独自面对世界的能力。

生活如此残酷，你怎么可能永远躲在另一个人的羽翼下，只索要宠爱，永远不付出？

生活本就是 hard（艰难）模式，却总有人想走捷径，不遗余力地想要探索出一种 easy（简单）模式，从此高枕无忧，一劳永逸。

年轻姑娘们总有这样的幻觉：嫁个把自己当女儿般宠着的男人，生存压力和感情归属都解决了，一箭双雕。

男人的想法大概也类似，聪明如高晓松，不也因为害怕婚姻里的冲突，试图用父亲般的姿态去塑造一个女儿般和他三观一致的伴侣？

可惜失败了。

我不禁想起杨绛和钱锺书。

杨绛在医院坐月子，钱锺书每次到医院看望她，都会苦着脸说："我做坏事了。"

他打翻了墨水瓶，把房东家的桌布染了。杨绛说："不要紧，我会洗。"他把台灯摔坏了，杨绛说："不要紧，我会修。"他脑袋上生了疖，医生说要热敷，杨绛说："不要紧，我会给你治。"

在风雨飘摇的乱世，他们经历了那么多人生的磨难和重创，依然携手同行，笑看天地变，因为彼此给予对方的勇气、信念和支持，足以慰风尘，足以抵抗世界的残酷和坚硬。

我们在谈爱情时，总有很多女生的爱情理想是"他视我为世界的中心，把我像女儿一样宠"。

家庭排列创始人海灵格说："我在全世界各地讲课，只有中国女人的哭声最大。"为什么？因为我们的爱情观本就是一个看似完美的谎言。

情感和婚姻关系，最重要的是彼此的深刻链接、共同成长，需要两个人都有付出，彼此有回应，需要打破自恋的壳，真正"看见"自己也"看见"对方。

婚姻最有趣的部分，就是在漫长无声的岁月里，我们从中学习、成长、付出、改变。

你会发现，原来关系越深刻就越新鲜，你可以探索到对方身上有那么多潜在的能量和丰富的内容；原来我们的内心是有弹性、可以改变的，变成更好的自己，变成更合适彼此的人。

嫁人，也能体现一个姑娘的综合实力

我的大学校友珍妮移居美国多年，听说拿到了某著名科研基金的项目，在行业里最顶尖的团队做前沿研究，俨然一副女科学家的派头。

去年她回国参加学术交流，我们在北京的三里屯见了面。我很诧异，她完全不是我记忆里那个为了做实验、发论文、出国留学，不化妆、不娱乐、不恋爱，脸上写着“生人勿近”的女强人形象。

她那天穿着真丝衬衫，化着淡妆，用祖·玛珑的香水，挽着丈夫的手臂，远远看到我就大声惊呼着，热情地扑过来亲吻我的脸颊。第一句话竟然是：“聪明的姑娘都很会嫁人。”

我愣住。

这不是我印象中的珍妮，却是一个全身都散发着幸福的光芒、真诚地热爱着生活、变得漂亮动人的珍妮。

她的先生确实很疼爱她。

那天我们选的是露天酒吧，傍晚刚刚起了一点风，他就把外套披在她的肩上；她的喷嚏刚刚酝酿，一张纸巾就递到她的手里。

他谈起自己的太太时无比自豪荣耀，眼睛无法从她身上移开。

后来珍妮告诉我："现在国内把女性独立鼓吹得有点跑偏，把不婚主义的女明星奉若神明。我觉得很奇怪，这是很矫枉过正的一件事。一个女人的价值感，当然是来自事业。但是，幸福感其实还是来自伴侣和家庭。聪明姑娘知道自己要什么，她们会像找工作一样去寻找结婚对象。家庭和事业并不冲突，反而会相互促进。拥有幸福的家庭生活，反而会让你的事业更加顺利。"

珍妮结婚 5 年了。

20 多岁时，她也曾是内心傲娇的单身贵族，觉得身边的男生幼稚又低级，社交圈狭窄，很难碰到心仪的男生；现在的她爱情、事业双丰收，有爱也有自由，活得越来越漂亮。

有自己的事业追求、不想被束缚，长得不算漂亮、社交圈子狭窄、人际关系简单，对感情质量有要求、不会因为年龄结婚……如果你也是这样的姑娘，怎样才能遇到心仪的结婚对象呢？

我从珍妮的经历中，总结出几点：

姿态要低，要求要高

单身的你 要放低姿态，告诉你身边的朋友，你很想找个男朋友，把你对爱情的渴望写在脸上；同时，你要清楚自己想找什么样的伴侣，不要轻易降低要求。

为什么把这条放在前面呢？因为我发现，很多姑娘恰恰是反着来的——她们有一张“闭关锁国”的脸，脸上写着“宝宝一个人过得挺好，谁稀罕爱情”。这样一来，就很难有机会认识单身男生，因为周围的人都觉得她们“要求高”。

实际上，这只是一种“高姿态”，并不是“高要求”。

你发现没有，很多姑娘看似挑剔、难追，最后却往往会被一无所有的男生打动。这样的男生通常并不是她们满意的对象，姑娘舍不得离开的原因通常只有一个：“他对我那么好，那么体贴、包容和忍让，我担心再也找不到对我这么好的人了。”

高姿态的人往往会降低要求，不敢坚持找自己真正满意的人。因为，她骨子里是自卑的，需要别人走 99 步，她才敢走出 1 步；需要别人无微不至的体贴和关注，她才敢相信自己是被爱的。

聪明姑娘愿意放低姿态，但不放低要求。所有要求里，男人的品质、性格和三观是最最重要的，无论其他条件多好，这三点基本要求是不能降低的。

你不要等，要主动去撩

有个著名的段子，30 多岁的铁凝去看冰心，冰心问她有没有男朋友，铁凝如实回答：没有。冰心说："你不要找，你要等。"结果铁凝等到 50 多岁才结婚。

别相信鸡汤。你不要等，要主动去撩。

不要怕自己主动了就会很掉价，就算在一起了男生也不珍惜你。真正爱你的人，不会在意你们认识的方式和表白的形式，他只想和你在一起，只会担心失去你。

不要怕自己主动了，万一失败连朋友也做不成。姑娘，你喜欢一个男生，不是为了和他做朋友，看他和女朋友秀恩爱的。

主动撩要有点技巧，不能太生硬。

你可以看他的朋友圈和微博，悄悄记住他喜欢什么。不要频繁点赞、聊天，要找个理由把他约出来，不经意间透露出你看过他喜欢的电影，你在和他读同一本书，某家他常去的餐厅你觉得很赞。

他会觉得你很特别、很懂他。你可以请他帮你个小忙，增加一些现实生活中的互动。

就算最后发现彼此并不合适，只是个误会，也没有什么。至少你不会有遗憾了，不是吗？

不要害怕失望和受伤

很多姑娘不敢主动去认识男生，有两方面的担心：

一是担心认识了很多人却一个都没看上，会对感情和缘分失望；

二是担心万一遇到喜欢的对方却不喜欢自己，自尊心会很受伤。

有这种担心，是因为你还没有走出心理舒适区，不愿意去扩大心理体验和认知的边界。如果你真的渴望一段美好的关系，请尝试突破舒适区，看看会有怎样的改变。

珍妮告诉我，她曾相亲无数次，像找工作一样找男朋友，然后才认识了她先生。如果没有经历之前那么多错的人，就算遇到对的人，她也会错过，根本没办法辨认出来。

那些错的人看似消耗了你的时间和感情，其实也是在帮助你成长：在和他们的互动过程中，你会慢慢了解到自己是怎样的人、想找什么样的伴侣，男人哪些方面是你无法接受的，哪些方面又是你非常认同的。

人们总有一些偏见，觉得事业优秀的女孩很难婚姻幸福。随着阅历的增长，我慢慢地了解到，那些在事业上出色的聪明姑娘，也很会嫁人。

因为，要嫁对人，也是对一个人智慧、情商、素质和价值观综合的考验。找什么样的人结婚，最能体现一个人的综合实力。

主动一点，你们就有故事了

朋友圈里的盛世美颜担当 Y 小姐忽然有一天泪眼蒙眬地同我讲：“我真的厌倦了自己的高冷和被动。”

Y 小姐有颜有脑，名校硕士，双商在线，一路拒掉 N 多追求者，感叹造化弄人，为何偏偏不遇良人。可是当真正遇到心动的那个，她却捧着手机痴痴等到夜半，不敢主动按下发送键。

我疑惑：“你这么美，为何被动如此？”她答：“不晓得。心头酸涩，怕连朋友资格都失去。”

另一个女孩子，在白衣飘飘的年代，分不清爱上的是那个人还是他的影子。他们相识在樱花纷飞的校园，在一个放映周末电影的阶梯教室中，为同一个故事感动。

大学四年，她好像在追逐一个影子，始终不敢站在他面前坦承心事。多年后，他们已各自为人妻、人父，恰巧在某校友的家宴聚首。他清晰地喊出她的名字，眼神闪烁：“当年，很多人喜欢你吧？”

她骇然：“如果当年主动一点，我们是不是就有故事了？”

很多年轻女孩在感情里都有如斯困惑——我该不该主动一点？

她们怕的有好多——

女孩子主动，会不会很掉价？就算在一起，他也不会珍惜我吧？

如果他不喜欢我，那我会不会很伤自尊？

如果他不喜欢我，我怕主动了却落到连朋友都不得做。

5 岁的时候，你喜欢一个玩具，它太过华美，美得摄人心魄，你一次次隔着玻璃柜台凝视，幻想着把它带回家的雀跃。可是，你始终没有开口向妈妈说：我喜欢那个玩具，可以买给我吗？

15 岁的时候，你最大的烦恼是学校里的功课和玻璃橱窗里那条蓬蓬裙，你幻想着穿上它转圈圈，骄傲得如同真正的公主。可是，秋天来了，你还没有攒够勇气，讨要一份专属于你的美丽。

25 岁的时候，你觉得某个男生还不错，你把所有关于爱情的电影都在他的身上投射一遍，预演过无数次的起承转合。可是有一天你看他身畔有了女伴，你悻悻而归，又依依不舍，在心里为你们的故事画上句点，其实，你们的故事从来没有开始过。

你看，女孩子总容易活得很被动，我们从小就被教育要“矜持”要“懂事”，要做一个淑女。这样的女孩子甜美、温柔，没有攻击性，容易被主流价值观认可。她们赢得称赞无数，内在的自我价值感却非常低。

她们不敢主动讨要一个礼物，不敢主动开始一段感情，因为害怕被拒绝、害怕失去，害怕承担不尽如人意的结果。

20 岁的时候，我对那些主动的女孩子也是有一点不屑的。《东京爱情故事》里的赤名莉香那么勇敢地去爱完治，面对完治的犹疑退缩，最后还是趁早一班车走开，把爱的人推向了白莲花里美的怀抱。

张爱玲说得好：“得不到异性的爱，就得不到同性的尊重，女人就是这点贱。”

30 岁时我有一点明了，当你内心匮乏而自卑时，是无法主动起来的。因为主动是建立在自信和丰盛的基础上的。

当你超越了传统的价值观念，探寻到真正自我核心和边界，建立起基于自我价值的评价体系，你的内心足够强大丰盛，才可以为选择承担一切后果；当你无畏结果，才真正构建了主动的思维内核。

主动一点，你们就有故事了。

这故事或许不是 happy ending（美满结局），不是花好月圆，或许只是让你爱而不得，从此明白感情的善良和缘分的无奈，蜕变出更加圆润而丰盛的自我。

这故事或许是你走过八千里路云和月，蓦然回首当初只是一场美丽的误会，是沉溺想象的云飞雪落。

可是那有什么关系呢?

最妙的人生不是精确计算好性价比，不是测量好每个站点之间的最短距离，然后高效地抵达没有任何惊喜和意外的结果。

最妙的人生是“锐不可当追求一场向往”，是“虽千万人吾往矣”，是“不负我心”，是“爱就不问值不值得”。

你说，女孩子主动了，会不会不被珍惜?

好的感情并不在于开始的姿态如何，而关乎两个人是否可以牵手一直愉快地走下去。

它考量的变量包括但不限于如下内容：两个人是否真的彼此相爱，是两个人三观的契合程度、成长的频率和节奏、经营感情的智慧，还有处理冲突危机的能力。

Y 小姐第 101 次纠结要不要主动撩自己男神的时候，我毫不客气地回过去：拜托，怕什么连朋友都做不得，你又不是为了当他朋友、看他秀恩爱的。

被动的女人等着别人来挑选，主动的女人却早已赢得了全世界。

你看《欢乐颂》里的白富美曲妖精，为了得到赵医生，使出十八般武艺，撒娇与撒泼齐飞，纵容共诱惑一色。比起真正爱的人、真正想实现的梦想、真正想抵达的远方，你的自尊真的没有那么贵。

愿你有勇气主动，也有能力承担主动的后果。

书写真正属于你的故事，不管这故事编织出怎样的经纬和结局，对于你个人的生命体验来说，已足够精彩、值得。

喜欢就去追，不爱就拉黑

在一次读书分享会上，一个 20 岁的小朋友问我："娜姐，你人生最后悔的事是什么？"

我想了想，告诉他，没有。

这是真的。

人生的每个阶段，我都在很努力地做自己。我想做的事，都去尝试过了；我想爱的人，也都爱过了。不管结果如何，所有的经历都是收获。

关于人生，我一直很赞赏那种简单粗暴的逻辑——

去做喜欢的事，去陪伴喜欢的人。

想见谁，约出来；喜欢什么，买买买；讨厌的人和事，果断拒绝。

其实人生没有那么多“身不由己”。如果你没有去做一件事，一定是因为这件事情在你心里的温度还没到达沸腾的境地。

所有的纠结，不过是因为“不够爱”和“不想承担选择的后果”，而已。

我的一位女友相亲认识了一个男生，说男生的外表、身高、性格都是她喜欢的样子，两个人也比较聊得来，只是他的收入低，这一点她非常不满意。

女友很纠结，她已经 28 岁了，担心错过这个男生，以后遇不到更好的人了。父母催婚的压力也比较大，看着同龄人都结婚生小孩，她很迷茫，于是问我：该不该嫁？

我说：“如果你纠结嫁不嫁，一定别嫁。因为爱是心甘情愿、欢天喜地，不够爱才会纠结。”

另一个女友，在家乡小城的体制内上班。她说已经厌倦到每天清晨去办公室就像赴刑场，生活压抑、乏味，她感到胸口像被什么堵住了，再不离开可能就会抑郁。

每次见面，她都会慷慨激昂地表白，等时机成熟一定辞职，去大城市闯荡。可是 5 年过去了，她的“逃离”小城计划依然停留在打鸡血的阶段，像海市蜃楼一样华丽而缥缈。

为什么不离开？因为她不想付出，不想承担离开之后可能会面临的更多人生困境而已。

在我看来，其实很多事情都是有解的；人生绝大多数的境遇，我们都是有选择的。

你买了一件自己不太满意的衣服，可是你当初选择它，是因为你的妈妈、你的同事、你的闺密觉得好看。你在众人的眼光里，默默放下那件你喜欢的 V 字领宝蓝色窄裙，拎着那件更保守、更端庄的款式走出试衣间。你安慰自己：大家觉得我这样穿更好嘛。

你做着自己不喜欢的工作，因为你的父母、你的老公觉得女孩子不需要赚那么多钱，有份稳定的工作就好。你在他们的期待里安然地放下内心沸腾的梦想，在无数个失眠的夜晚，听着枕边人的呼噜声，心里觉得无比孤独。

你半推半就地走进婚姻，因为他们都说，女孩子过了 30 岁就不好嫁人了，不要挑了。你稀里糊涂地生了小孩，因为妈妈说，女人总是要生孩子的，趁年轻时生，恢复得快，我们也能帮你带。可是，岁月静好的生活里面，你总有刹那的恍惚和不甘：我的人生，怎么就过成了这样？

我们总能为不如意找到各种各样的理由：我也不想这样的，不是没有办法嘛，父母不同意啊，年纪不小了啊，条件不允许啊。

真的是这样吗？

因为不敢承担选择的后果，我们把小到选一件衣服、大到选人生伴侣的支配权，拱手送给了他人。我们以为这样就安全了，哪怕将来结果不尽如人意，我们总能找到那个可以怪罪的人。

多少人就这样，因为怯懦，因为逃避，选择了凑合着过下去，像鸵鸟一样把头深深埋进沙子里，在抱怨和后悔里，走过了本该更加绚丽和美好的人生旅程。

越来越觉得，勇敢是一种美德，不纠结是一种能力，把复杂人生变得简单，才是真正的智慧。

我在创业论坛上认识的 V 小姐，27 岁的时候从人人羡慕的大公司辞职，跑到美国去念书；30 岁的时候回国创业，做原创设计的服装品牌。她单身，在北京租房子住。

那天我问她：30 岁感情和事业还没有稳定下来，会不会觉得焦虑?

她说："没有。因为每个选择都是心甘情愿。选择了自己喜欢的路，一直跑下去就好了，哪怕路的尽头并没有我期待的 happy ending（美满结局），我也认了。因为我按照自己的心意活过、追逐过。"

选择也意味着放弃。

很多时候我们太贪心，ABCDE 都想要。选择了安稳的人生，又渴望摄人心魄的冒险和奇遇；选择了披荆斩棘、追求梦想，又希冀路的尽头有人问你粥可温。

什么都想要，又不想付出，所以才会反反复复，在内耗和纠结中，把人生过得复杂又黏稠。

在你还在原地徘徊不定、纠结选哪条路的时候；有人已经在某个跑道上跑出去了好远。他把所有的时间和精力都用来专注于目标，而你在权衡和犹疑中，错过了最好的青春。

世界这么大，你只要活在自己的价值体系里就好；人生没那么复杂，喜欢就去追，不爱就拉黑。只有这样，你才能在有限的生命里，活得无限丰盛、宽阔、忠于自己。

想搞定男神？先搞定老爸

我认识一个姑娘，她从21岁开始周旋在老男人之间，每一次恋爱都荡气回肠，每一次分手都惊天动地，屡屡被老男人伤得头破血流。可她好像无法免疫，下一次依然投进大她十几二十岁老男人的怀抱，并且对方都有自己的家庭。

这个姑娘是为了钱吗？好像也不是，我所知的两任都不过是你我一样的普通上班族罢了。她好像特别享受三角关系带来的隐秘激情和绝望。

另一个女孩则总是遇到骗子。她已经是28岁的熟龄，按理说在男女关系里也见了些世面，可她比18岁少女更天真。某任男友说想跟几个朋友创业，就把她几十万的积蓄骗了个精光。还有一次她和一个男人相处了好几个月，才发现那是婚介公司的托。一开始，这些男人的表现无一例外都是各种体贴入微，使她完全没有警惕，完全猜不到结局。

幸福的感情总是相似的，情路坎坷的姑娘，好像不幸总是在她们身上轮回，这背后究竟有着怎样的玄机?

对她们深入了解之后不难发现，这两位姑娘内心都充满了对爱的不安全感，她们小时候和爸爸相处的方式也都出过问题。原生家庭对一个人的伤害，远远超过贫穷、失恋、失业等困苦带来的压力与枷锁。

喜欢主动陷入三角关系的姑娘，可能童年时代父亲的角色是缺失的。她不断投身到已婚老男人的怀抱，希望有个男人“爱妈妈也爱我”，通过这种方式补偿缺失的作为女儿的体验。

总是遇到骗子的姑娘，可能小时候被父亲过度纵容，没有原则和理性的爱使她错以为这就是正常男人爱的方式。她总会被那种跪舔她的男人吸引，以为他们的纵容和无底线的讨好就是真爱，陷入爱的幻觉里无法自拔，直到发现真相才知道原来是骗子设好的局。

人们大都是在原生家庭里习得如何表达和接受爱、如何处理分歧、如何表达感受、如何看待人与人之间的各种互动，尤其是父亲和女儿的相处方式，可能决定了她长大后在感情婚姻方面的健康程度。

一个在爱情里从不撒娇、不敢和男朋友提要求的女孩，可能从小父亲对她过分严厉；而如果父亲重男轻女，总是忽视女儿，在和男人相处的时候，她可能就会以取悦讨好来获得存在感，因为这是她最熟悉的方式；迷恋暴力狂的姑娘，可能有着同样暴力倾向的父亲；父亲在家从来不做家务，很可能女儿长大就会找个同样的老公……

这真的很令人悲伤，难道我们无法终止这样的命运轮回吗？

当然不是。

如果说命运是性格注定的，那么人的性格是可以改变的。人是可以成长的，可以通过后天的努力来修复原生家庭带来的创伤，发展出积极健康的心理，重新审视自己的内心需要，重新建立和伴侣健康的爱的方式。

那要怎样改变和修复呢？

勇敢面对真实的自我和内心的缺失

恋爱是表达自我的机会，女孩在爱情里追求的，基本上也都是童年时代缺失的东西。父亲是人生中第一个和我们关系亲密的异性，如果小时候没有体验过和爸爸之间正常健康的爱的互动方式，成年后情路坎坷的可能性就很大。

所以，从现在开始，正视你的真实自我和缺失，回顾跟父亲的相处中那些你被忽视、无法被看见的需要。理解自己真正的需要和诉求，才能对症下药，在以后的亲密关系里自然而然地表达这些需要。

原谅过去的伤害，积极改变自己

为什么悲剧的轮回总是重演？很多姑娘无法原谅那些过去伤害自己的人，总是舔舐这些伤口，使得它越发溃烂，无法愈合。当习惯了悲伤和绝望，潜意识里可能就会寻找悲伤和绝望的感觉，因为这种感觉你最熟悉。

所以，我们要做的第二件事就是，原谅过去的伤害，积极改变自己。找一些感兴趣的事来做，努力提升自己，让自己变得阳光起来，爱才能在你的心里流动起来。

建立信心，相信你值得被爱

很多习惯在爱情里讨好和取悦对方的女孩，大部分原因是没有自信。内心缺爱的姑娘，一方面很渴望得到爱情，另一方面又害怕遇见真爱，因为担心得到又失去，担心自己配不上。不然的话，为什么渣男对她各种无情，暴力男对她动辄打骂，她还是无法离开？

任何一个姑娘都值得这世间最好的爱，所以第三件事是，一定要建立信心，远离那些对我们不好的男人，相信自己值得被爱。

寻找一个真正契合的伴侣

终止悲剧的轮回，要耐得住寂寞，去寻找一个真正契合的伴侣。千万别相信那些恋爱专家说的所谓“治疗失恋的最好方式是投入新的恋情”。盲目的恋爱更易使人受伤和迷失。

这是我想告诉你的四件事。

我们会是孩子的原生家庭，给孩子最好的教育，莫过于和伴侣之间彼此相爱，做一对幸福的父母。家庭中父母的不和睦与争吵，为孩子带来的最直接作用就是敏感、多疑，没有安全感，自卑和怯懦。这样的缺失，很可能给女儿成年后的情感道路上埋下了不幸的种子。

一定要相信，通过自己的努力，你可以修复好原生家庭带来的创伤，重新建立和伴侣相处的方式，让爱重新流动起来，用幸福的婚姻给孩子最好的教育。

如果你还没有男朋友，那么恭喜你：想搞定你喜欢的男神吗？先搞定你的老爸就可以了。

第三章

爱自己的最高级，是活得热气腾腾

爱自己的最高级，是活得热气腾腾

看到一则对大象公会联合创始人周洁的采访，我被她明亮的笑容和一句自嘲戳到了：“我现在的工资，还没有第一份工作高。”

她的第一份工作是在一家垄断国企，一毕业就稳稳拿着三万月薪，在大城市全款买了房。她却做出了一个“折腾”的决定——辞职自费去法国留学。

某个下午她如常走进办公室，却惊讶地看到40岁的女领导正泪眼婆娑地为韩剧的女主角感伤。

那一瞬，她仿佛一眼看到了时间的尽头：中年后的自己，会不会也如眼前的女领导一般，做着一份看起来稳定又光鲜的工作，却空虚到为玛丽苏偶像剧洒泪走心?

她花光 40 万积蓄漂洋过海去巴黎，学习自己一直热爱的奢侈品管理。她从家乡小镇出发，领略过都市繁华，丈量过世界经纬，一点点努力向梦想靠近。

这一路并非坦途，但她走得铿锵笃定，最重要的是，她因此活得热气腾腾。

我的第一份工作也是国企，周围的女孩子们终日捧着茶杯悠然度日。我们被告诫，女孩子不要那么拼，要爱自己。我们涂着很贵的眼霜，买一件件大牌风衣，生活却沦陷于一平方米的井底。

青春在家长里短的琐碎里翻腾，很快，就像那杯捧在手里的热茶，从沸腾到温暾，眼里的光芒逐渐黯淡了下去。

90 后被很多人调侃已经进入“中年”，正如我看到的国内的年轻人，他们或许穿着最 in 最时髦的衣服，却多半有着茫然、无意识或死气沉沉的一张脸。

多少人在 25 岁甚至更年轻的时候就认定：我的人生就这样了！梦想不过是痴人的呓语，努力只是自欺欺人的徒劳，不如多留一些力气对自己好点，不再做无意义的挣扎。

我在旅途认识了一个女生，27 岁，在家乡小城做着一成不变的工作，她所处的环境对她的职业成长已成了天花板。我们坐在洱海边的小酒馆，吹着海风，对着窗外的月亮聊天。她无限惆怅地说，好想和你一样去北京闯荡，去更大的平台，认识更专业的同行。可是大家都说，你何苦对自己残忍？

我看着朦胧月影下那么年轻光洁的一张脸，却布满老气横秋的沧桑感。

有趣的是，我在另一次旅行中认识了一位意大利姑娘，她 34 岁那年，捏着一张容不得人犹疑的机票，从意大利跑到了美国，去念她喜欢的教育学硕士，把小鲜肉男友扔在了国内。此前的十年，她是一线时尚杂志编辑，拼到很高的职位，在圈内风头无两。她却敢于放弃半生积蓄和稳定的感情生活，换了喜欢的方向和国度重新开始。

她告诉我："哪怕不再年轻，我也想看看自己在喜欢的领域会有怎样的收获和成长。"谈起未来，36 岁的姑娘脸上的雀斑都在跳舞，少女感简直要溢出来。

忽然觉得，所有的折腾和自虐式的大换血，其实都是爱自己的证明。

热气腾腾地活着，是对自己最诚实、最勇敢的表白。

一个人只有从程序化的重复中惊醒，去做真正热爱的事，才能链接到灵魂深处最深刻的共鸣。

29岁那年春天，因为很喜欢林奕华的话剧，我去北大听他的讲座。没想到，这个1959年出生的香港男人，在讲台上那么年轻而富有朝气。

他眼神明亮而狡黠，在走道里窜来窜去，盯住你的眼睛问：“你快乐吗？”

那一刻，你所有的伪装都无处遁形。

他在开满樱花的四月天里对我们讲：“不管你多少岁了，正在经历着什么，一定要问问自己，我还能有怎样的改变和成长。”

那一刻，我忽然决定：做点让自己真正快乐的事，看看会有怎样的改变。

我找回了一直热爱的写作。我在上下班的地铁里写，在午休时鼾声四起的办公室里写，在无数静谧又漫长的深夜里，对着书桌前的微弱的灯光写。

一年之后，有多家出版社约我出书，我自己的平台也聚集了十几万读者，跨界做自由撰稿人，很多人曾投来鄙夷的目光——你都30岁了！

30岁又如何？我决定去过一种热气腾腾的人生，以梦为马，遍地黄沙，在文字的世界里，浪迹天涯。我拿起手里的笔，拾起勇气，终于没有辜负自己。

活得热气腾腾，对世界怀有好奇心和激情，你会发现，生活回馈的，是更加美好的你。

我的一位女友，过去是个宅女，生活两点一线，每天在固定的换乘站买一瓶同样牌子、同样口味的饮料。我去她的城市旅行，发现她连城中最著名的景点都没有去过，城中好玩有趣的料理店她都闻所未闻，整个人也无精打采。

我叹气：你也太不热爱生活了！

她狡辩：我对自己也很好的，每年也会买点硬货，出境旅行。

NO！爱自己不是照着时尚 KOL（意见领袖）复制一份购买清单，花掉血汗银子换取朋友圈一年一度的旅行大赛，而是在没有镁光灯的 360 个平常日子里，活出你心中的热爱，每天醒来都有所期待。

也许你只想做个平凡女子，和家人相濡以沫，在一份稳定的工作中醉生梦死。可是，你要找到心里的那束光，那份最真实的喜悦，那个让你闪闪发光的东西。

那位女友后来谈起了恋爱，对方是个吃货，拉着她吃遍了城中美食，带她去游泳健身。她从舌尖味蕾的探险里发掘到乐趣，开始尝试着打破安全感边界，去探索更大的世界。

如今的她整个人神采奕奕，读书、健身、跳拉丁舞……她说：“热气腾腾地活着，我比以往任何时候都更爱自己。”

是的，爱自己的最高级，是热气腾腾地活着。心中有温度和好奇，你才会感受到生命的蓬勃和意义，你的世界才更加宽阔而有趣。

别爱得太满，别睡得太晚

朋友子鱼讲过这样一个故事：

村里一个漂亮的女人结婚之后，发现老公小三不断，于是展开了轰轰烈烈的斗小三运动。她找小三撕扯，和男人大打出手，经常被打得鼻青脸肿。她还找来亲戚、邻居共同作战，家里终日鸡飞狗跳，一个人承担了整个村子的年度大戏。

哭闹没有用，女人想出一个损招——往老公承包的鱼塘里撒药，结果把鱼全部药死，老公的生意遭到重创，投资的 100 多万全部打了水漂，一朝变回穷光蛋。

可是变穷的男人依旧外遇不断。女人发了疯，常年跑到大街上靠骂街来发泄心中抑郁。

她不服，当年她也算村里的一枝花，当初也和男人恩爱甜蜜，怎么就输给了外面的妖艳贱货？她每天涂很厚的脂粉，穿紧身的衣服，看起来可怜又滑稽，只为挽回男人的心。可是这并没有什么用，她因为廉价胭脂铅中毒，一张脸发乌发青，凛然而瘆人。

女人疯了，被老公打也不知道疼，顶着一身伤痕到处乱跑，像游魂一样在大街上游荡。

故事的最后，这个伤痕累累的女人穿着出嫁时的一袭红衣吊在自家房梁上，用最惨烈的方式结束了自己的生命。

这个故事听得我心惊又难过，不禁想起上世纪 40 年代，张爱玲坐电车时听到电车里女人们对话后的感慨："电车里的女人使我悲怆。女人一辈子讲的是男人，念的是男人，怨的是男人，永远永远。"

不是不要爱，而是不要爱得太满，赔上了身家性命，丧失了尊严独立。

和三十多岁的闺密聚会，我们谈论最多的是赚钱，是事业，是方向，是自我价值的实现。我们现在常常后悔的是，为什么 20 多岁的时候，生活的主旋律就是恋爱？

女人好像只有在感情稳定下来后，人生才能走上正轨。人生最美好的年纪，都在为男人欢欣雀跃或者掉眼泪，如果从 22 岁开始就专注于职业技能的修炼和成长，如今该是另一番景象了吧。

十年过去了，这届年轻姑娘的世界已经大了很多，可是我看到的那么多女孩的咨询中，依然是充满了自我牺牲的狗血剧情。

有个女孩为了男朋友辞了工作，搬到他的城市考了公务员。结婚前夕，男朋友有了新欢，提出分手，说："我们不合适。"

女孩不甘心，找小三对峙，找他和他的家人撕扯。她在那个城市举目无亲，为了爱情投奔他而来，怎肯甘愿面对如此结局。

另一个女孩，每分一次手就辞职换工作，甚至要换城市才能重新开始生活。每一段感情她都全身心投入，如同飞蛾扑火，只是，太过炙热绚烂的，好像都无法长久。

她这些年都在谈恋爱，没什么朋友。所有的回忆都是和各个前男友在一起，那些甜蜜后来却成了一记记耳光，打得脸好疼。她现在 28 岁，一无所长，只能找月薪 4000 的基础工作。

跌跌撞撞后才明白，感情里最悲伤的事情，不是爱到尽头缘分消逝，而是爱得太满，让自己的世界越来越逼仄和狭窄，最后吞没了那个最珍贵的叫"自我"的东西。

一代名优饭岛爱曾经有部轰动一时的半自传体小说《柏拉图式性

爱》，讲述了自己不堪回首的过去：13 岁和小男友私奔，却发现他是个瘾君子；后来又爱上了一个牛郎，她用自己的身体赚钱供养他、帮助他……她一生被侮辱与损害，一辈子追逐爱情，却被爱情无情抛弃，最后写下“对不起，生而为人”，悲怆地死去。

我身边很多女孩子，好似患了“爱情饥渴症”。没有爱情，她们便会陷入顾影自怜的情绪，生活潦草不堪，吃垃圾食品、睡得很晚，脸上的痘痘和黑眼圈是熬夜的最好证明。

她们不明白：一个人，只有学会爱自己，才有能力爱别人；你希望别人如何来爱你，就要先用这样的方式来爱自己。

我喜欢看见那些眼眸闪亮、光芒万丈的姑娘，她们的感情也许还没有尘埃落定，但是那种光芒，是独立和自爱，是一个人也可以把生活过得精彩而美好的能力。

她们会把生命的每一天，当作最珍贵的礼物来珍惜。

她们认真工作，努力赚钱，想要的生活自己给，想去的远方自己去。她们独立而强大，在感情里不将就，也不会失去自我这个中心。

她们感性又理性，对爱情期待但不沉溺。她们会永远对自己好——

美容、护肤、运动，吃健康的食物，早睡早起。她们可以在爱里认真投入，也可以在分开的时候潇洒如风。

别爱得太满，别睡得太晚。懂得留白，认真爱自己，生活会回馈给你最大的善意。

愿我们都可以和那个，闪闪发光的自己，相遇。

去找一个毁掉你口红，而不是睫毛膏的男人

青青结婚了，消息来得太突然，我有点没回过神。

她是我刚刚在北京工作时认识的朋友。说起来挺可笑的，我们是参加相亲活动认识的。

那一年我 26 岁，研究生毕业，拎着几只行李箱，从昌平的学校搬到学院路公司附近，潦草地租了个房间，就开始了一个人的北漂生活。

从公司到住处不过 3 站公交车的距离，我常常在黄昏时走路回家，耳机里传来的情歌，总是让人伤感又迷茫。身边的车水马龙，远方的灯火阑珊，这个世界好像和我没有什么关系，我觉得孤单极了。

那个时候，我也不是完全没有朋友，只是不愿过分依赖和打扰；

也不是完全没有人追，只是不喜欢的就干脆果断拒绝，不给人幻想或纠缠的余地。

有一个周末，我在豆瓣上看到一个相亲主题的同城活动，在建国门的某个咖啡店，就报了名参加。

推开咖啡店厚重的玻璃门，有一个引导指示牌，走进去，是活动主办方划分好的一块区域，有人负责签到。签到的登记簿上，刺目的几个栏目，要填写姓名、年龄、职业、收入。我觉得好笑又心惊，差点落荒而逃。

好在认识了青青。

她比我早到，已经落座在一个卡位上，向我挥挥手，招呼我过去。

她是个圆脸爱笑的姑娘，穿着卡其色针织衫，韩式空气刘海，一侧的头发温顺地别在耳后。我们一见如故，彼此自嘲般解释着为何会无聊到参加这种相亲活动，然后就聊起来，完全没有搭理在场的任何一个男性。

认识之后，我俩经常周末约着一起吃饭或者看话剧，也常常聊起感情。

她有一个大学时的男朋友，毕业那年分开了，因为男友担心两个人工作不在一个城市。可是阴错阳差，最后两个人都留在了北京。

毕业头两年，青青和前男友还会有一搭没一搭地联系，偶尔也会见面吃个饭，只是谁也没提复合的事。

我知道青青还没有放下，因为不管她认识了什么人、跟谁在约会，只要前男友一个电话，她就会失控地跑去跟他见面。

后来，他们复合了。

我以为，这段感情终于在历经沧桑之后可以修成正果，可惜一切并不顺利。

青青越来越不开心。她找我吃饭时总是会走神，或者吃着吃着就哭了。有一次在三里屯露天酒吧，青青喝多了酒，哭花了妆。我这才知道，原来她男友背着她偷偷和别的姑娘约会，说好的见双方父母也找各种理由搪塞，一拖再拖。有时候甚至一天都联系不上，电话打过去，对方手机关机。

可是，她喜欢了那个男生整整 7 年啊！

有时候，你明明知道他没那么喜欢你，只是把你当备胎而不是唯一，却还抱着一丝幻想，为他找种种借口，只不过是无法割舍，不舍得放下而已。

青青不是不明白这个道理，她总是喃喃自语：等积累够了失望就离开。

后来的两年，他们无数次分分合合，历经各种狗血剧情，都够写一本小说了。直到去年，男生离开北京回家乡当了公务员，并迅速和父母介绍的一个姑娘结了婚。

青青终于死了心，她跟我说，这次彻底解脱了。

回想起这段感情，青青觉得也不全是伤害，至少，最初的那两年，男友对她是掏心掏肺的好。比如冬天的时候，男友每天早上买好早餐给她送到宿舍楼下，怕粥凉了，还放在羽绒服口袋里焐着。比如放暑假，男友想她了，会立刻买张火车票，站二十几个小时去看她……

彻底分手之后，青青说，她再也不会毫无保留地爱一个人了，好像一辈子的眼泪已经在那几年为一个人流光了。

可是就在今年 5 月，青青一个人跑去韩国玩，在飞机上遇见了现在的老公，两人很快就领证结婚了。

有些人以为自己已经对爱情心灰意冷，找个差不多的人就嫁了，可我明白，那种甜蜜和放松的状态，只有真正幸福的人才会拥有。

其实，遇到对的人，并不需要太多时间去考量和确认，相识时间的长短，也并不是检验感情厚度的标准。当你真的遇到那个对的人，你会发现，过去你设定的所有条件都不再重要，彼此经历过什么也没有什么大不了，从此笑看风起云涌，不怕天地变。唯一的遗憾就是恨不得早点和他相识；过去的等待和受到的伤害也可以一笔勾销。为了遇见他，受点苦也值了。

小时候看过太多琼瑶式的爱情故事，以为一定要特别曲折婉转才是真爱，甚至要扛得住父母反对，经得起小三诱惑，抵得住似水流年、容颜不再。

其实，真爱没有那么复杂，也没那么轰轰烈烈。当你遇到一个人，彼此感觉对了，就是这个人了，那就对了，就是真爱了。

两人在一起时像孩子般单纯快乐，彼此听得懂对方的语言，不需要过多解释，很多决定都一拍即合，为彼此做的事情也都是心甘情愿。

没有说服，没有算计，没有付出，没有不甘，也没有不安，没有伤害，没有那么多纠结和辗转。你有绝对的安全感，内心笃定，不管发生什么，他都不会离开；你也有强烈的归属感，哪怕给你全世界，你都不愿意交换。

很多姑娘问我：该找一个什么样的男朋友？

我想告诉她：姑娘，去找一个毁掉你口红，而不是睫毛膏的男人。

跟他在一起，你可以真实地做自己，发自内心地快乐，那就对了。

这届女人很贪心，爱和自己都想拥有

闺密生了二胎之后，想换个大点儿的房子。我陪她去看城郊新楼盘，户型堪称完美，小区环境雅致；售楼小哥周到殷勤，温柔体贴，宾主尽欢，折扣也顺利谈了下来。闺密愉快地交了定金，准备拉我去喝一杯庆祝。

临别的时候，售楼小哥拦住我俩，望向我闺密的眼波流转，言辞闪烁："周小姐，想问你个私人问题：你有男朋友了吗？"我忍住笑大步走开，心想：不得了，这届女人玩大了！

待殷勤的售楼小哥终于变成后视镜里的小黑点，闺密一边猛踩油门一边向坐在副驾的我吐槽：朋友圈不晒老公不晒娃怎么了，为什么总被人误会单身呢？

哎呀，真是甜蜜的烦恼。

不知何时，我身边的30+小姐姐们统一成了这个画风：一辆好车，一双好鞋，独自铿锵而温柔地行走江湖。她们跟你聊美容，聊梦想，聊人生规划，聊旅行计划，聊投资理财，聊星辰大海，唯独没有婆婆妈妈老公孩子一地鸡毛的油腻味，只有梦想、爱和自由。

怎么办？你只能跺脚感叹：为什么她们没有被时光消磨掉少女气息，脑子比胸更性感！

我认识一个近40岁的女作家，我们在网上神交已久，终于想要约个面基，她悠悠地问一句："你家有小朋友吗？有的话带出来一起遛娃。"

还有个写作圈的朋友更酷，我给她介绍了个广告客户，合作完成那天，她漫不经心地对我说，还好赶在预产期前搞定了，过两天准备去卸货。

天啊！她竟然是个孕妇，之前可一点蛛丝马迹都没有发现。

女人不再珍视家庭了吗？不！老公孩子带来的世俗温暖和安全感，依然是我们镶嵌在灵魂里的天然需求，只是那个叫"自我"的东西开始觉醒了。我们首先是自己，然后才是别人的妻子和母亲；我们首先要获得自身的圆满，才有能力去爱家人和经营好关系。

这届女人不是玩大了，只是那些观念还停留在100年前的人看不懂了。

有个多金的男性友人，对我连连摇头，说他搞不懂自己的女朋友，好好享受爱情，做一份朝九晚五的安稳工作不好吗？何必去创业吃那个苦头？“想要什么我都可以买给她，她何苦那么拼？”

我只能回他一句鸡汤：可你买不起她的梦想和自由，买不起她对人生的掌控权啊！

就像我闺密所说：“我老公当然买得起限量版包包给我，可我还是喜欢自己刷卡的爽感，因为我买的不是那个包，是我人生的掌控权。包包有什么了不起，我自己才是限量版啊。”

她们不在朋友圈晒老公晒娃，她们选择穿上高跟鞋去战斗。

可是我知道，在职场和家庭的多重角色间转换，在事业和家人间实现多方共赢，需要怎样的耐心和智慧，又贡献了多少妥协和自我斗争。

人生越往后走，你就越会发现，每一个选择都是艰难的。

哪有什么岁月静好，都是女人拼了半条命换来的刹那安稳。只是她们不再声张，不再倾吐情绪，把委屈和艰难生生咽下，就像韩松落说的：“然后他们遇佛遇神，任春雷滚滚，人事堆积，将他们推入人世的浩瀚。”

我的一个女朋友经历了婆媳不和、产后抑郁，“你知道我怎么挣扎着走到现在吗？事业才是我的光。我想着，此生壮志未酬，我不可以掉下去”。

爱人的肩头固然温暖，只是，囿于一个小屋檐的人生难免狭窄遗憾。所以你才会看到越来越多的女人想要去世界的尽头，她们不是去寻找什么，只是那份开阔的自由，是生而为人的浪漫。

这些曲折的领悟，二十多岁时候的我当然无法体会。

那时候，爱情就是小少女们生活的主旋律，她们对这个世界有的是旺盛的荷尔蒙。

如同严歌苓在小说《芳华》里所说：“那是个混账的年龄。你心里身体里都是爱，爱浑身满心乱窜，给谁是不重要的。”

一群姑娘在夏夜的烧烤摊喝啤酒，不到 9 点钟，就会陆续有震天响的电话打进来。姑娘们假装不耐烦却掩饰不住甜蜜，那些落单、没有人问候、没有人来接的姑娘总会收获一些“同情”。姑娘们之间的小攀比和鄙视链，总离不开男人。

独自加班，独自逛街，独自看电影，吃饭只有闺密陪，在那个年龄，是要羞愧致死的。

当你终于穿越了茫茫人世，领略到婚姻生活的温暖琐碎还有驳杂，才会明白所有的圆满都需要付出和妥协换来。

你会渴望这样的时刻：在一个有星光的晚上，跟闺密去露天酒吧喝一杯，不谈红尘漫漫，只聊此生向往。

只有这样的时刻，剥离掉那些世俗身份，你才可以问自己：我是谁？下一步我要去哪里？

和你一起慢慢变老，是要一个小团圆；可我也要星辰大海，锐不可当地追求一场向往，才是我能想到的最浪漫。

没错，这届女人很贪心，爱和自由，她们都想要拥有。

你需要忘记“婆媳关系”这个概念

儿媳不必孝顺，婆婆无须付出。

看到连岳先生在文章里说“公婆不爱儿媳极为正常”，我扑哧一声笑了。

这是实话，白纸黑字写出来却显得极为可笑。

我们习惯了虚与委蛇，也太擅长用表面的和谐圆满来掩饰内心的痛苦和破碎了。

无数女性曾向我吐槽，自己生孩子坐月子期间婆婆对自己怎样不好，如果是亲妈就不会那么委屈。诉说的人声泪俱下，那痛苦是具体而真实的。

我也见识过无数婆婆把女儿和儿媳放在一起比较谁更孝顺，对比的结果就是儿媳哪儿哪儿都不好，真是越想越生气，到底意难平。

中国式婆媳关系为何如此痛苦？

根源就在于，把完全没有血缘关系的两代女人，以“爱”的名义捆绑在一起，儿媳必须孝顺，婆婆必须付出。两代人被硬生生拉扯进这所谓的“爱”中，没有界限感的、强制的爱，往往滋生控制和索取，只会发酵出恨意。

因此，这样的魔幻事件并不稀奇：儿媳生孩子，婆婆要求必须顺产，还不让用无痛；带孩子时，儿媳把婆婆当免费保姆，还挑剔服务质量，一言不合就开撕。

如果中间再夹着一个拎不清的丈夫，这样的家庭简直每天都剑拔弩张，随时会酝酿出一场内战。

作为儿媳，不必爱你的婆婆；作为儿子，不可以要求你的老婆孝顺你的老妈。

也别把婆婆的付出当作理所当然。她没有义务为你们做饭、带小孩，更没义务给你提供房子。

每个丈夫必须意识到，在你的家庭里，妻子是唯一的女主人。婆媳之间，保持界限和尊重，比刻意的爱更加重要。

谁的事谁做主，互不干涉内政，方可长治久安。

记住，根本没有“婆媳关系”这回事！

很多新婚的女性，抱着对婚姻生活一派祥和美好的愿望问我：怎样经营好婆媳关系？

我的回答都是：不用经营啊。

这世上根本没有所谓的“婆媳关系”这回事，所有的婆媳问题，根源与核心都是夫妻关系。因为婆婆对你的态度，都是你老公允许的。而健康的婚姻是六亲不认、一致对外。

所以，新婚第一年最重要的是什么？是经营夫妻关系，建立家庭的权力格局，培养老公的好习惯。

刚结婚那年，是调教老公的最佳时期。

这个时候生活进入新的阶段，对丈夫来说，一切都是新鲜的，夫妻的感情浓度也是黏稠的。趁热打铁、连哄带骗，做家务的时候拉上他一起，或者干脆在旁边喊加油就好；每天吹吹枕边风，灌输这样的理念——“夫妻关系才是家庭核心，是第一位的，父母和孩子都是其次”。

先把老公调教得好用，有了默契和信任，有了彼此是“自己人”的感觉，再考虑要孩子。

在此期间，可能彼此会有矛盾冲突，别逃避，哪怕吵架也要吵个清楚明白——只有真正经历冲突、争吵、妥协、磨合，才能把“你和我”变成“我们”。

在“我们”的家，你负责搞定你的父母，我负责搞定我的父母，一切以“我们”的幸福为第一宗旨。

所以，婆媳之间根本不必正面交锋，交给老公去跟他亲妈战斗，才是硬道理 。

放大格局，强大自我，才是一切解决之道。

每当看到女性沉溺在家庭的鸡飞狗跳里痛苦不堪，我都好着急：这完全是在浪费生命！

很多女性在婚姻里常犯一个错误：喜欢盯着那些自己不喜欢的人，喜欢盯着那些鸡毛蒜皮的琐事。

有人问我：不喜欢婆婆，但又必须住一起怎么办？

如果必须由婆婆来带孩子，那就别妄想她会按你的方式育儿。建立了这样的心理基础，你会少一点抓狂。

如果没有大是大非和原则性问题，眼睛不必紧盯着那些细枝末节。从来没有完美的原生家庭，哪怕你事事亲力亲为，孩子一样会有各种各样的问题，长大后说不定还对你满腹怨言（这简直是一定的，吐槽原生家庭从来都是热帖）。

如果因为经济问题必须同住，你早该把这些负面情绪化作赚钱的动力，哪里还有时间矫情。

女人在婚后最可怕的，不是夫妻不和，不是婆媳矛盾，而是让家庭角色吞没了自我。

这是女人的弱点。当她成为某个人的妻子，就习惯性地囿于家庭角色，把家庭作为自己人生最重要的战场。却忘记了，你首先作为一个人，活出了自我，活得好，才能成为一个好妻子、好母亲，才能经营好关系。

作家艾小羊说过，"人性的本质是趋利避害，你要获得很多的爱，就要活成别人的'利'"。这也可以解释，为什么越强大、越优秀的女性，往往婚姻也越幸福——

经营婆媳关系是下策，经营夫妻关系是中策，最上策是经营好自己。

这简直是一定的：当你变得更美、更优秀、更有钱、更聪明、更有趣，你周围的人一定会更爱你，人际关系也会更融洽。

到了那个时候，你根本不屑于去思考什么婆媳关系，也不屑于别人对你好不好，你会对他人更宽容，别人和你在一起也更轻松愉快。

说到底，放大格局，强大自我，才是一切的解决之道。

如果有一天，你脑子里没有了“婆媳关系”这个概念，你就真的赢了。

过得好的女人，都对自己够狠

看《罗曼蒂克消亡史》，再次被章子怡惊艳到。

李安在《十年一觉电影梦》里写，21 岁的章子怡拍《卧虎藏龙》，“一般人快要撞墙的时候，都是本能地用双手去挡，但章子怡不，她直接拿脸往墙上撞。要知道，脸是一个女演员最重要的吃饭家伙，要是脸上开了花，后果不堪设想”。

但是章子怡就是有这样的一股狠劲，憋着一口气，证明给李安看，他选她不会后悔。

年少轻狂的玉娇龙，我觉得就是 21 岁的章子怡本身，那种刚烈和狠劲，浑然天成。

一直很喜欢章子怡，也是因为她的那股狠劲。

小时候练舞蹈，天分不高，身体柔软度和协调性不好，无论怎么努力都和尖子生差距很大。为了不被学校赶回家，她就趁老师和同学都回家后，在漆黑的舞蹈室里继续练。

也许家境普通的章子怡很小就明白，想得到的东西，必须靠自己去拼。

是，她从 20 岁开始，所有的欲望就都写在了脸上，她的人生是她精密策划和奋力拼杀的结果。

可你不得不承认，这样的人生就是足够畅快淋漓——她一早就很清楚自己要什么，并坦诚地面对自己的欲望，然后孤注一掷地、拼尽全力地向着目标奔跑。

早年的章子怡，喜欢国际范儿和大钻戒，喜欢大排场；36 岁嫁给汪峰后，粉丝一片唏嘘，为她感到不值。可是，为人妻人母的章子怡，眉宇间少了些紧张和咄咄逼人的气势，有了松弛的温暖和安定。

这样的女人，无论嫁给谁，大概都可以过得很好。

这种狠，是对自己人生的全然掌控和取舍，清晰明确地知道自己要什么。

这种狠，使她不害怕受伤，也不吝啬付出，更有足够的心智、毅力和耐心去追逐。

哪怕万人阻挡，也要杀出一条生路。

另一个我很敬佩的明星，是维多利亚 · 贝克汉姆，她也是一个够狠的女人。

2014 年，维多利亚被选为“英国 100 个顶级企业家”第一名，自家品牌 Victoria Beckham 营业额在 5 年内增加 30 倍，一年净利润达 3000 万英镑。

时装发布会上，作为设计师的维多利亚 · 贝克汉姆穿着平底鞋，是格外松弛柔软的状态。

她有今天的商业帝国，在做了 4 个孩子的母亲之后依然攀爬在事业和人生的顶峰，却是源于骨子里的那股狠劲。

因为曾经原谅小贝的出轨，维多利亚一度被人诟病。

这样的决定，一定是她多方权衡和深思熟虑之后的选择；这种狠，不是坚硬和决绝，而是拎得清、懂取舍。

放下和原谅本身，就是一种智慧。

如今他们一家人出街，仍然是全世界最美的风景，撒得一手好狗粮。

小贝曾经在采访里说，很大程度上，是维多利亚成就了今天的他。

当年维多利亚从“辣妹”组合里单飞转型做设计师，并没有多少人看好她，以为不过是女歌星在玩票。她生生用成绩证明了自己，早在 2011 年，她就赢得了英国时尚大奖的年度设计品牌奖，如今的事业更是如日中天。

看过一张图片，维多利亚送孩子上学、接孩子放学的时候都随身带着笔记本电脑，用一切碎片时间工作。更有报道说，她从设计到宣传都要亲力亲为，对自己要求非常苛刻。

过得好的女人，都对自己够狠。

我认识的一位女作家，三十几岁的时候才转行写作，短短几年时间，硬生生写出几百万字，出版了好几本畅销书。

经常看到她凌晨四五点钟上传的照片。哪怕是在出差，坐了一夜的飞机后，她也要在 5 点钟前起床健身，然后雷打不动地写 2000 字。

她说："女人越自律，活得越高级。"

是的，只有对自己够狠，这个世界才会对你温柔以待。

那位女作家曾经是个 140 斤的胖妞，之前做着一份不喜欢的工作，感觉整个人生都没有希望——直到她下决心对自己狠一点。

很多人过得不好，是因为太放纵自己的惰性和软弱——

工作不如意，凑合着干吧，好在还有一份稳定的收入。

身材不够好，也无所谓了，反正已经结婚有了小孩。

感情生活有问题，那有什么办法呢？人生不如意事十之八九……

你对自己太温柔，这个世界就会对你狠：你会永远活在不满和抱怨中蹉跎度日，徒留遗憾和悔恨。

而你向往的那种快意人生，你羡慕的那些过得好的女人，没有一个对自己不狠的。

这种狠，是明白人生的无常和虚妄，依然保持向上的能力。是坦然面对自己欲望之后，懂得取舍和珍惜。

更是一种“向死而生”的痛快，一种把自己燃烧透了的激情和向着人生目标奔跑、必须全力以赴达成愿望的决心。

口红和高跟鞋，才不是女人的春药

和许久不见的小女友约会，她踩着“恨天高”袅袅婷婷地姗姗来迟，名牌包加持，妆容华丽，一抹姨妈色口红妖娆又惑人，可我依然看到她眼眉之间掩饰不住的疲惫。

我们的话题从明星八卦到黑五打折，再到彼此的生活，最后落到男人身上。

女友刚刚结束一段她自认为铭心刻骨的感情，伤心失落都写在脸上，嘴巴却不肯认输：“现在只要支付宝有钱，手机有电，包里有三支口红，我就有安全感。男人……呵呵，我已经不指望了。”一边说着一边从名牌包里掏出口红和粉底补妆，好像随时要奔赴下一个战场。

看我无动于衷地喝着手里的咖啡，她有点恨铁不成钢："你，马上也是知名博主、网红作家了，怎么也不注意下形象，连个口红都不涂！"

近年来口红营销做得好，商家都在鼓吹"口红是女人的春药"，百货公司里各大美妆品牌口红柜台人满为患，有一次我凑热闹去看YSL（法国著名奢侈品牌圣罗兰）限量版星辰，结果导购小姐一脸嫌弃地说："别碰！那个已经卖完了。"

我另一个女友年纪轻轻就嫁了富商，成了一名以买买买和美美美为人生主旋律的全职太太，羡杀旁人。

有一次大家在群里交流心情不好的时候会干吗，有人说，跟老板请假回家睡个天昏地暗；有人说去吃各种高热量垃圾食品，把胃撑到爆；文艺女青年说要来次说走就走的旅行，不在乎目的地，重要的是沿途风景和放空的心情；这个嫁了富商的女友简单、直接、粗暴，说心情不好就飞到香港买口红和高跟鞋，把老公的卡刷爆。

众人羡慕地惊呼：有钱人果然不一样，连心情不好都可以更任性。

我见识过那位女友的家，三层小洋楼里开辟出两个大衣帽间，一个放衣服鞋子，另一个放化妆品、首饰和包包。她跟美剧《欲望都市》里的性感女作家Carrie一样，几百美金一双的高跟鞋堆满房间。作为大都市里飞檐走壁的时髦女郎，她们不管去哪儿，都要踩着10公分的高跟鞋。

身高不足160cm的Carrie说："爱情会逝去，但鞋子永存。"她还说："站在高跟鞋上，我才能看到整个世界。使脚不舒服的，不是鞋子的高度，而是欲望。"

此番对高跟鞋的美誉和表白，成为时尚界和鸡汤界的金句，营销文案屡试不爽。

和口红一样，前几年的时尚界言必称高跟鞋是女人们的春药，为女人撑起强大气场和蓬勃的自信。

高跟鞋为身材矮小的Carrie撑起时髦女郎的满格自信，可我分明记得这样一个桥段：Carrie在一家名牌店里抚摸着一双淡紫色羽毛的高跟凉鞋，可她好像真的没有钱了，恋恋不舍之际，恰好遇见一位多年不见的女友为她买了单。

拎着心仪的高跟鞋，Carrie的心情分明是轻盈而飞扬的。不久之后，那位送她高跟鞋的女友就把她拉进自己的社交圈，介绍性感多金的男人给她认识。

两个人度过了浪漫到极致的白天和一个激情四射的夜晚，第二天清晨在豪华的酒店醒来，Carrie身边不见了良人，只有一张字条和几千块美金，而Carrie连他的电话号码都没有。

Carrie这才发现，她以为的浪漫邂逅，其实不过是一场暗地里标了价码的交易。

她感到羞耻、愤怒，像吞苍蝇般恶心，可是又能向谁去解释？因为贪恋一双高跟鞋的虚荣而被人误解，被人拉进一个看似光鲜实则钱色交易的社交圈。那些男人赞美她，和她共进晚餐、共度良宵，态度谦和恭敬，心底里却当她是个高级妓女。

一个人最难面对的，就是自己的欲望。

我们仓皇逃窜，逃向更加安全的地方，用冠冕堂皇的借口来粉饰；我们深夜与自己的内心博弈厮杀，撕掉白天华丽的面具，难以面对的千疮百孔的内心；我们遗憾、不甘，矛盾重重，时而意兴阑珊，时而又充满了斗志。

你以为你爱的是一支口红、一双鞋，其实不是——你真实的渴望是征服男人，抑或证明自己是有魅力的女人。

维多利亚 · 贝克汉姆成为时尚设计师之后，建立了自己强大的商业帝国，她出现在媒体前的装扮，从紧身窄裙、高跟鞋，变成了宽大舒适的衣裤和平底鞋。我越发喜欢她，不是作为女明星的辣妹，也不是作为全球最性感球星的娇妻贝嫂，而是设计师维多利亚 · 贝克汉姆。

我看到了一个真正自信的女人，她不是紧张而凌厉的，而是松弛和柔软的；是不依赖于妆容和衣服的盔甲，发自内心地接纳和喜欢自己，包括那些不尽完美的地方。她不再向外征讨，裹紧窄裙、踏上战靴去讨好男人和征服这个世界，而是用最舒服的方式，专注于做真实的自己。

真正拥有自信的女人，不会因为境遇的变迁去评判、责备或顾影自怜，她们亦不需要用表面的光鲜或强势去证明什么。

就像亦舒在《圆舞》里说的："真正有气质的淑女，从不炫耀她所拥有的一切，她不告诉人她读过什么书，去过什么地方，有多少件衣裳，买过什么珠宝，因她没有自卑感。"

记得23岁那年夏天，我第一次去杭州旅行，穿着美丽的长裙和高跟鞋，沿着西湖走了一圈，从苏堤到白堤，再到断桥，良辰美景奈何天，可我只想赶紧打车回酒店脱下鞋子好好睡一觉。

也是同一年，我进一个大公司实习，从郊区的学校坐一个小时公交车再倒两趟地铁，踩着7公分的高跟鞋，挤在早高峰的人群里，脚已经痛得失去知觉。到了公司，跑进卫生间把鞋子脱下来，脚后跟已经磨出血，我的眼泪无法控制地掉了下来。

是啊，特别年轻的时候，因为还没有建立足够的自信心，对自己总是万般挑剔和介意：个子不够高，皮肤不够白，腰不够细，双眼皮不够宽，眼波不够撩人……出门约会之前，必定要化3个小时的妆，哪怕到楼下扔垃圾，也要一身盛装，绝不敢懈怠，怕万一撞见前男友，怕被耻笑如此憔悴潦倒……

年轻的我们每个月买来时尚杂志，研究大幅色彩斑斓、充斥着上流社会纸醉金迷气息的海报，对当季流行的彩妆和服饰单品如数家珍。那些美好得像梦境一样的、有着完美绮丽肉身的女明星和模特会告诉你，她用了什么牌子的口红，穿了哪个品牌的衫。

所谓的营销，不过就是制造幻觉。你自以为用了明星同款，自以为躲在无懈可击的妆容里，踩着 7 公分的鞋子，就有了凌云般的姿态、女王般的傲娇。

现实却是，一个人并不会因为拥有了什么而变得更自信。那些真正自信的人，有能力面对生活的起伏变迁，懂得感情的善良和缘分的无奈，失意的时候放声哭一哭，不会失去对未来的乐观和期待。

有时候，对自己坦诚还是很重要的，承认并接受“我很脆弱，很受伤”，可能是比强撑着、紧绷着、强颜欢笑、故作傲娇更好的方式。就像那个失恋的小女友，我告诉她，换身运动服去跑个步吧，或者干脆哭出来。还有那个富商太太，烦恼一样也不少，其实生活不曾放过谁。

女人的春药，从来不是口红和高跟鞋，那些故作的高姿态，本身就很露怯。

从仓皇而虚荣的青春里打马走过，才明白，女人最重要的是生长在骨子里的自信，以及滚滚红尘里颠沛辗转之后的从容淡定，那是对自己生活的掌控感。

当你发自内心地喜欢自己并且可以掌控自己的生活，彼时，什么春药、毒药，那些都不重要。

哭着给自己买花的姑娘，都能笑着走下去

（1）

她失恋后，每周送自己一束花。

在网上预约、下单，然后每个礼拜一的上午十点，快递小哥就会准时出现在办公室楼下。

有时候是栀子，有时候是百合、玫瑰、马蹄莲，店家自由搭配，每枝花的根部都小心翼翼地包着营养液。

她把花插进淡蓝色的透明玻璃瓶里，望着望着，就会在早上清透的阳光里兀自微笑起来。

同事们都赞叹她男朋友太浪漫啦，打听她是否婚期将近，她也不解释。只有她自己明白，离开曾经深爱的人，内心是怎样排山倒海的

难过和撕裂。

他搬走的那天，她觉得整个世界都崩塌了，这个城市变成巨大而陌生的怪兽，冰冷而狰狞。

“没有你的城市，只是一座空城而已。”

她每天都哭：吃饭的时候哭，睡觉的时候哭，洗澡的时候哭，走路的时候哭，听音乐的时候哭，生病去医院的时候还是哭。

有一天路过花店，她又哭了，因为他过去常常会在那家店买一束花给她。

她快速低头走过去，生怕回忆弄疼了自己，却在 5 秒钟后又忍不住折返回去，给自己买了一束花。

“如果他不爱我了，那我就多爱自己一些吧。”

（2）

她是突然得知妈妈生病住院的消息的。

那一天，她正在会议室和甲方做一个重要的汇报，短信就那样悄无声息地进来了。会议结束后，她看到消息的刹那，奔到卫生间崩溃大哭。

兵荒马乱地请假、买机票，回家收拾行李。抵达家乡小城，已经是第二天凌晨。她按响重症监护室的门铃，双腿发软。

妈妈手术已经做完，脸色苍白，吸着氧，身上连接着各种仪器。她看了一眼，别过身去，眼泪掉下来。

还好，妈妈危险期度过，命是保住了。此后的整个月，她守护在病房，精心照料。

那天清晨，妈妈忽然问：“桃花开了吧？”

她笑笑，清理好早上的剩饭，跑到医院对面的花市，买了一束鲜花回来。那么柔软又肆意盛开的生命，花瓣上还沾着露珠。

妈妈看到花，第一次，脸上露出少女般的欢欣。

“这是第一次，妈妈没有因为我乱花钱买无用的东西而责备我啊。”

她转过身去，眼泪又掉了下来。

（3）

离开稳定的体制，做自由职业者，她下了很大的决心。

可是，混乱和困难总是超预期地纷至沓来：客户难对付，收入不稳定，朋友倒戈，家人不理解……她压力大到失眠、偏头痛，无数次怀疑自己的决定是否正确。

那个月，付完房贷，家里只剩下几百块钱。她心灰意冷，情绪跌到谷底。先生买菜回来，竟然给她买了束花，整整一大束香槟玫瑰。

她压抑的情绪终于爆发，扑上去狠狠拍打着那束玫瑰，花瓣一片一片掉在地上：“都什么时候了，你还买这些没用的东西？！”

先生没有说话，默默地去厨房煮饭。

她蹲下去，一片片捡起那些无辜的花瓣，眼泪掉了下来。

“正是因为生活已经这么艰难了，他才送我花，想让我开心一点、乐观一点啊！”

此后每个月，她都从菜钱里省出几十块钱，给自己买束花。

她把那束花摆在窗边的餐桌上，闻着花的清香，打开电脑给客户画设计图的时候，会忍不住嘴角上扬。

(4)

“因为生活里还有美，哪怕是在苦苦挣扎，依然是一种生活；如果因为苦苦挣扎而放弃了美，那活着就不过是活着而已。”

哭着给自己买花的姑娘，是能笑着走下去的。

我想起了大约十年前大学刚毕业的时候，我困在环境闭塞而贫瘠的郊外，感到生活一片灰暗、迷茫。那时我喜欢爬到楼顶去看天空，看云朵的形状，看太阳怎样一点点沉下去，晚霞铺满天空。我在焦躁中安宁下来，想清楚了自己的方向。

在失意和困境中依然能感知美，发现美，甚至主动去创造美，是一种多么重要的能力。

正因为那些无用的美，一束鲜花、一朵云、一首歌、一部电影、一幅画、一部小说、一场舞蹈……都能让你感受到生活的希望。

怀抱美和希望的人，一定能笑着走下去，走到更加开阔、光明的理想之地。

快乐的能力，是女人的顶级魅力

《Sex and the City（欲望都市）》里的Samantha（萨曼塔），在年近半百的时候遇到一个阳光帅气的明星男友，男友不仅陪她一起战胜了癌症，对她的生活更是无微不至地关心、照料。

在一次珠宝拍卖会上，Samantha想拍下一枚价值不菲的戒指作为自己的生日礼物，不料总有一个讨厌的人匿名跟她竞价。Samantha终于放弃了那枚昂贵的宝石戒指，却在生日当天收到男友的礼物，原来拍卖会上跟她竞价的那个讨厌鬼就是她的明星男友。

我一直对这一桥段念念不忘。如果发生在偶像剧里面，该是多么惊为天人的浪漫和励志：年轻、帅气、多金且痴情的万人迷男朋友，如此费心地为一个年老色衰的中年妇女制造浪漫，足以完爆各路情圣。可是Samantha的表现令当时年轻的我很费解：她不但没有欢欣雀跃，反而很不开心。她想买下那枚戒指让自己开心，如果这一切由别人替她做了，那她将自己放在何处呢？

那个夜晚四姐妹穿着高跟鞋盛装走在曼哈顿街头，笑声爽朗，依然有陌生男人跟她们搭讪，像年轻时一样。温柔夜色里，三个闺密向她举杯：Fifty and fabulous（五十岁而完美）！

《Sex and the City》里四个独立、精致的女子，曾经是我低落时候的抗抑郁剂。那时候很年轻，却那么轻易就不快乐，需要别人的关心和赞美，受不了被冷落，却没有意识到其实是被别人控制了情绪。

现在的我经历了更多复杂的世俗人情，才领悟到，把快乐建立在来自外界的赞美或者关心上，是多么危险且毫无意义。

能够给自己快乐，是一种重要的能力，它能让你在穿着高跟鞋挤地铁、为了赚6便士披星戴月晚归的路途上，依然可以抬头看到月亮。

从美国肥皂剧里，可以学习到的一种价值观就是人格独立。

《Friends（老友记）》里面瑞秋怀了孕，孩子爹出门给她买了个三明治，她接过来的时候充满感激地说：Thank you，you are so sweet（谢谢，你真是太可爱了）。

这样的细节常常触动我。

在我身边，多少女孩因为没有收到一朵情人节的玫瑰，就要撕心裂肺地闹到“你不爱我，分手”的地步；多少结了婚的女子，忽然就从聪明可爱的少女变成了成天数落老公和婆婆对自己多差劲的怨妇……

我当然不是为男人的责任开脱，只是想告诉亲爱的你——

人格独立的女孩，会主动为自己的人生和情绪买单。

她们有快乐的能力，因为明白别人没有义务为自己做些什么，也没有义务承担起照顾自己情绪的责任。所以当她们拥有的时候，更懂得感恩，也更明白亲密关系中的边界在哪里。

这样的女孩最有魅力。

拥有漂亮的外表、理想的爱人固然幸运，更重要的是我们要明白人生的无常和缘分的叵测。有能力给自己快乐的女孩，才会吸引到更好的人和事。

我曾实习的那家跨国公司的部门领导是个 30+ 的优雅女子。她化很精致的妆容，穿着著名红底鞋和香奈儿套装来上班，办公桌上总是插着几枝鲜花。她说话的时候总是带着从容的微笑，午餐吃得非常健康，午休时间还会去附近的健身房练瑜伽。

她活成了我羡慕的 30+ 人生的样子。

离开那家公司很久之后，和一位前同事聊八卦才得知，我曾无比羡慕的女领导当时正经历人生的谷底：和前任离婚，独自抚养患有先天性失聪的儿子。

她把自己的人生活得那样精致美丽，没有因为命运的不怀好意，失去对生活的热爱和爱自己、给自己快乐的能力。她后来遇到了自己的灵魂伴侣，那个男人温和中正，对她和儿子都很好，而这样的结局并不令人意外和惊讶。

快乐的女孩会发光。美剧《绝望主妇》里，Carlos 娶了模特 Gabrielle，就源于钦慕她快乐的笑声，他希望以后的人生不管经历什么，这样的笑声会永远陪在自己身边。

我们的一生会遭遇各种各样的事情，会沮丧、失望、悲伤甚至抑郁。能够接纳和觉察这些情绪，让自己重新快乐起来，是一种重要的能力，也是一个人顶级的魅力。这种能力会让身边的人有勇气和信心去面对生命中那些曲折和沟壑。

看过那么多人生故事，我发现，境遇是一回事，把生活过成什么样子，其实更取决于一个人的心境，这个人是否拥有快乐的能力。

快乐的能力才是一个人的终极财富，是让人获得平静的力量。

年轻的女孩们热衷于追逐爱，有灵性的姑娘会渐渐长成一棵树，自带土壤，失去时不崩塌，拥有时也不庆幸。她们会成为爱本身，在滚滚红尘里修行无条件的快乐，即：内心的自在、喜悦和圆满。

单身的你，心里有个“假男朋友”

有年春天在扬州出差时，我的读者 K 小姐再三请求见我一面。我说抱歉我很忙很忙，她说她的事很重要很重要，只要我抽出一个钟头时间就好，她来酒店找我。我答应了。

那个傍晚，K 小姐捧着一束新鲜的百合出现在酒店大堂时，我被惊艳到了。她鹅蛋脸，皮肤白得近乎透明，微卷长发妩媚而俏皮地散在双肩，一件丝质白色衬衫，绛色伞裙，裸色高跟鞋，一看就是一名优雅的职业女性。

我们去旁边的咖啡馆坐下来。K 小姐开门见山，对我倾吐“很重要很重要”的烦恼：她今年 28 岁，大学毕业后在银行工作 5 年了，追她的男生不少，周末她也积极去相亲，却一直没有遇到那个对的人。

我问她：“你心里对‘对的人’有怎样的期待？”

她不假思索地告诉我：“要身高 178cm 以上，长相是我喜欢的类型，要彼此聊得来，最好在金融行业工作。还要有房有车，年薪比我高，本地人优先，这是爸妈定的硬指标。”

我明白了，K 小姐的心里有一张理想对象的照片，他的身高、长相、职业、性格都非常清晰，她带着这张理想照片去寻找相符的又彼此有感觉的人，但是很不幸，符合这张照片的人并没有出现。

美国社会心理学家凯 · 哈特在 20 世纪 60 年代到 80 年代，对 1000 名大学生进行婚恋关系跟踪调查。其中有这样一个问题：“如果一位男性或女性具备你期望的所有品质，但是你不爱他 / 她，你是否愿意同他 / 她结婚？”

调查结果显示，选择“不会”的男性从 60 年代的 64.6% 增加到 80 年代的 85.6%；而女性的变化更惊人——从 60 年代的 24.3% 变成 80 年代的 84.9%。

心理学家认为，人们对爱情的期望值越来越高，一开始寻找伴侣的标准的确源于内心的标准，只有懂得放下的人，才能真正遇到让自己满意的人。

K 小姐坦言，虽然自身条件不错，但她并没有多少恋爱经验。28 岁的她只交过一任男朋友，那个男孩就职于另一家银行，他们在一次培训中认识，彼此印象很好。男方的条件很符合她内心的期待，但两个人相处不到半年就分了手。

分手缘于一件很小的事：那个周末他们约好一起出去玩，K 小姐起晚了，洗澡化妆又磨蹭了很久，男友在她家楼下等了一个多小时。见面的时候男友有点不耐烦，责怪她为什么说好去户外，却穿了裙子还化了浓妆。

K 小姐有点不开心，她从小就生活在一个严苛的家庭，最讨厌被指责挑剔。再说，她保持完美的形象，还不是为了在男友面前展示最好的一面？

那一刻她忽然绷不住，发了很大的脾气，摔车门走了。男朋友居然没有追上来道歉，两人的关系就这样不了了之。

我问 K 小姐："你心中理想的男友，是不是不管发生什么事，都要让着你、包容你？"

K 小姐点点头，继而略显不安地问我："我这样是不是错了？天下没有这样的男人吧？"

我说："不是没有特别宽厚包容的男人，但是他们未必符合你心里的形象。再说，你并没有给彼此一个机会，让你们双方互相了解、妥协和包容，让感情从弱小变强大。"

很多女生心里都有一个完美的“假男朋友”。

她们在和男生相处的过程中，一旦发现对方的行为不符合自己的想象，就会分手、决裂，现在社交网络这么发达，认识下一个人并不是难事。

她们没有耐心去问问自己内心：在感情里，最核心、最真实的需要是什么。她们也没有时间和耐心深入到另一个人的心里，去体会那些曲折幽深的情绪背后最真实的心理程序。

到底怎样才能遇见对的人呢？

首先要放下心里的那个“假男朋友”的理想照片，因为完全符合预设标准的男人几乎是不存在的；然后问问自己，你对亲密关系最看重的是什么，你的底线又是什么？别预设一个“完美男友”，也别假装自己是“完美女友”，用最真实的自己，才能遇见对的人。

多数人都很害怕面对真实的自己，因为会看到自己的悲伤、懦弱、愤怒、焦虑等等负面情绪。但是，不深入自己的内心，和自己对话，你就永远不会懂得自己最真实、最核心的需要是什么。

就像K小姐，她看起来是个非常优秀的职业白领，漂亮又有能力，这样的姑娘最不该在感情上困惑。可是在跟我深度沟通之后，K小姐发现她最想要的是一个能迁就和包容自己的人。因为小时候父母工作忙，对她的要求也非常苛刻，她一直被挑剔，从来没有享受过被肯定、被宠爱的感觉。她害怕犯错，所以逼着自己变得优秀、懂事、内外兼修，但是优秀懂事的背后，是很深的不安全感和自卑感。她现在懂了，她想找的是一个性格宽厚温和、爱她多一点的男人。

我建议她在下一次恋爱的时候释放自己内心那个真正的小女孩，可以表现出柔软和依赖；可以看到对方的真实存在，而不是心里预设的那个完美照片；给自己和对方多一点时间去真正了解、磨合，在相处中渐渐成为彼此那个对的人。

最好的关系是，你不必完美，只需要做真实的自己。而真实的那个你，恰恰是我喜欢的样子。

别让自己受这种委屈

（1）

时隔多年，张爱玲的经典长篇小说《半生缘》被翻拍，刘嘉玲饰演那个妖娆风情、可恨又可怜的顾曼璐。

对于顾曼璐，年少时看她，真是恨得咬碎了牙齿。

她为了留住风流成性的丈夫，竟然把自己的亲妹妹曼桢囚禁起来，让她为自己的丈夫生孩子——简直自私残忍到令人发指！

最近我又把原著读了一遍，忽然对这个人物有了悲悯：她的人生早已成了灰烬，仅剩的那一丝回忆的温度，也在家人的算计里被消磨干净。她像是命运的孤儿，无所依傍。

更可悲的是，她以自己全部的人生作为祭奠，却无人理解她的痛苦；她用自己的骨血和尊严，养活了家人，却反被家人瞧不起。

曼璐本来也是个天真烂漫的少女，那时，父亲尚在人世，虽也家道艰难，她至少可以躲在父亲的羽翼之下，读书，做梦。并且与青梅竹马的张豫瑾订了婚，对未来有着浪漫期许。

一切来源于家中的变故。

父亲去世后，作为家中长姐的曼璐，主动承担了抚养众多弟妹的责任。那一年她中学还没毕业，在二三十年代的旧上海，哪怕找得到事情做， 也养不活一家人，只能出来做舞女。为了不连累张豫瑾，她主动退了婚。

（2）

就是这样的一个女孩子，为了家人，她选择了牺牲自己，吞下所有的委屈。

直到妹妹曼桢长大了，到工厂里工作了，曼璐才考虑嫁人，可是又能嫁给谁呢?

她嫁给了祝鸿才，一个“不笑的时候像老鼠，笑起来像猫”的油腻男，曼桢一见到他就觉得讨厌，曼璐自己心里恐怕也是有几分厌恶的——可是一方面她没的选；另一方面，她也能隐约感觉到，自己在家里开始招人嫌了。

就这样曼璐把自己嫁了出去，还跟丈夫谈好了条件，要带着一家三辈人同住，供养他们的生活。她又一次把自己卖了。

本来打算就这样潦草地过完一生，不料没几年祝鸿才发了财，渐渐不把她放眼里了，在外面流连于酒色，还看上了自己的妹妹曼桢，骂曼璐是“滥货”。

曼璐的生活再次变得风雨飘摇，她的骄傲被一点点瓦解，最后摧毁她的，是张豫瑾爱上了曼桢，全家人也都极力撮合两个人的婚姻。

“曼璐真恨她，恨她恨入骨髓。她年纪这样轻，她是有前途的，不像曼璐的一生已经完了，所剩下的只有她从前和张豫瑾的一些事迹，虽然凄楚，可是很有回味的。但是给她妹妹这样一来，这一点回忆已经很糟蹋掉了，变成一堆刺心的东西，碰都不能碰，一想起来就觉得刺心。连这样一点如梦的回忆都不给她留下。为什么这样残酷呢？”

张爱玲下笔老辣狠毒，看得人惊心动魄。

是的，一个人境遇再惨淡，如果心里有一块光明的东西可依傍，希望也好，回忆也好，总能过得下去。

曼璐的回忆很显然是打了高光的，现实越凄楚，回忆就越动人，可惜她连这点东西也没了，委屈滋生出陡然的恨意，这恨意让她疯狂——

在曼桢被关起来的时候，抽了曼璐一个耳光。曼璐冷笑：“哼，倒想不到，我们家出了这么个烈女，啊？我那个时候要是个烈女，我们一家子全饿死了！我做舞女做妓女，不也受人家欺负，我上哪儿撒娇去？我也是跟你一样的人，一样姐妹两个，凭什么我就这样贱，你就尊贵到这样地步？”

这一巴掌下去，将过去的那笔账一笔勾销了吗？没有，只是鱼死网破的疯狂和寂灭，一切破碎，一切成灰。

曼璐并不是一开始就这样面目狰狞，曼桢的人生也本不该如此不幸。

而我为曼桢感到不平和遗憾的同时，也理解了曼璐的疯狂和偏执——女人的怨恨和戾气，多半是亏欠出来的。

她太委屈。

她为自己的半生付出感到不值，却又没有智慧和能力去修正自己的人生；她选择了一条更加剑走偏锋的路，最终将自己和妹妹的前途都葬送了。

几年之后，曼璐去世，曼桢也只剩下苍凉的一句：“我们再也回不去了。”

（3）

为什么善良的曼璐，会变得残忍到令人发指？

我在评论《蜗居》郭海萍这个角色的时候，也探讨过“自私和伟大”这两种矛盾的性格为何会出现在同一个人身上，“因为人性都是相似的，没有人天生伟大，毫不利己专门利人。正常的人性都是寻求着付出和得到的平衡。失衡的心态，会导致被这种伟大的付出感反噬。”

现实中我也见过很多这样的女孩子，她们对原生家庭或者丈夫和孩子过度付出，一旦这种付出没有得到相应的回报，她们会觉得被怠慢，会心理失衡，会觉得自己特别委屈，然后更加有控制欲，最后爱却带来了伤害。

女孩子千万别有圣母心，别受这种委屈，不要无边界、无底线地为家人奉献出自己的快乐和尊严。所有的爱都应当是有边界的，每个人只有在活好自己的前提下，才有能量去照耀他人。

我想起在足疗店认识的一个女孩。她27岁，已经出来工作10年。她说迟早要回家乡，家乡的女孩子一般20岁左右就结了婚，她觉得自己处境很尴尬。

我问她这10年有没有遇到中意的男孩子，她沉默许久，然后悠悠地说一句：“家里太穷，弟弟太小，我要是早早结婚了，谁照顾他们啊？”

糟糕，真的太糟糕！

何必委屈巴巴地将自己活成一个奉献者，承担自己不该承担的责任？对自己和他人，这都是一种纵容。

纵容自己活在道德优越感里，纵容他人无止境地索取。

而任何一种失衡的关系，糟糕的结局都是可以预见的。

第四章

愿你被婚姻温柔相待

好的婚姻，是可以彼此“看见”

因为工作关系，认识了一位非常优秀的女士。她三十多岁，在北京 CBD 著名 500 强工作，会讲流利的英语和法语，每天穿着一丝不苟的职业套装，化着精致妆容，踩着 7 公分高跟鞋飞奔在各个会议室、机场和酒店，简直是无数年轻姑娘梦想中的“职场白骨精”范本。

清晨 6 点钟给她发邮件，不到 10 分钟就能收到回复；深夜 11 点有问题找她沟通，她永远在线。她像一个鸡血满满的女战士，仿佛永远能量满格，没有疲惫的时候。

我们都以为她单身。

直到有一天，我机缘巧合到了她位于四环的公寓。整洁的白色客厅里，赫然挂着她和先生的结婚照。我惊诧不已，问她何时结的婚。

她笑，说已经结婚多年，先生在家乡县城，不愿意来北京。

“大概因为婚姻太冷了，所以我选择了逃离。”

她给我讲了一件小事。

她在家乡县城的时候是公务员，工作比较清闲。先生在一家国企做到中层，还兼职帮父母经营生意。

她主动包揽了所有家务，每天 5 点钟下班回家买菜做饭，让先生回家就能吃到热腾腾的饭菜。

结婚前两年，两个人的日子也很温馨。

后来有段时间，她感觉工作环境太压抑，每天去上班的心情就像上刑场一样沉重。先生建议她干脆辞职在家做全职太太，她就辞了职，专心照顾家庭。

可是，完全闲下来之后，生活仿佛失去了重心，她每天郁郁寡欢，严重的时候每个清晨醒来都会哭。

她去做美容、练瑜伽，学插花、学画画，健身……可还是不行，她心里总感觉有一块地方是空的，看不到自己的价值和生活的意义。

有一次，因为情绪低落加上生理期激素的影响，她夜里醒来又忍不住哭泣。先生醒了，没有安慰，没有拥抱，没有问她为什么难过，而是粗暴地拍亮床头灯，厌烦地朝她吼：“你还有什么不满意的？！”

她的悲伤，他看不见；她需要拥抱的时候，他给的却是刀子。

那一刻，她心如死灰，决定换个城市生活，就来了北京闯荡。

听了她的故事，我在心里唏嘘好久。原来看似光鲜的生活背后，却有那么不如意的婚姻。

很多时候，婚姻里的问题积重难返，都是这样的小事累积而成。

何洁离婚事件闹得沸沸扬扬，我听了赫子铭打情感热线求助的音频，也看了两人的一些资料，发现很多婚姻的问题，都是两个人在愤怒地声讨对方，倾诉自己在婚姻里付出多少，多么不容易，对方却看不见。两人都看不到对方的付出、感受和真实的需要。

赫子铭觉得老婆太强势，自己找不到在家庭中的地位和尊严；何洁则认为老公不求上进，家庭的重担基本上由她一人在扛，连手包都不舍得买。

一段婚姻走到崩盘，可以说两个人都有责任，婚姻存续本就是两人互动的结果。

我也越来越感到，很多人婚姻的质量不高，生活不怎么舒畅和快乐，主要原因不是物质方面，而是彼此无法“看见”对方的真实存在。

本该是最温暖的关系，夫妻双方却用争吵和苛责，代替倾听和包容；用质疑和嘲笑，代替信任和理解；用冷漠和逃避，代替温暖和拥抱。

好的婚姻，是彼此可以“看见”。

何谓“看见”？就是此时此刻，我可以感知你的情绪，尊重你的感觉，倾听你的需要，是一种“共情”和“理解”。

举个最简单的例子：丈夫下班回到家中，兴冲冲地跟妻子讲一件事情（也许这件事情很无聊）。妻子却这样回应：“怎么不换拖鞋？你看地板刚拖好就被你踩脏了，快拿拖布拖干净。”

这时候，丈夫一定很扫兴而沮丧。

此时此刻，他需要的是倾听，是情绪的传递和流动；而她看不到他的兴高采烈，也感受不到他的情绪，更不认为听他说话是一件重要的事。

她只看到地板被弄脏了。

他就在她的面前，她看到了这个人，却看不到他的真实存在；她看到的，只是自己心中的规则（地板要保持干净）。

更糟糕的是，很多时候，我们不仅看不见对方，还喜欢评判和指责对方。

比如那位优秀的女士，她半夜哭泣，哭是一种很负面的能量，可能会让她先生觉得自己很失败。所以，他看见她哭，第一感受就是她的哭是对婚姻的不满意、对自己的不满意，然后他开启了防御机制——指责对方：我都这么好了，你还有什么不满意的？

如果他放下评判和防御，看见她哭这个客观存在，问问她此刻的感受，或者只是陪伴和拥抱，作为妻子都会觉得很温暖。

因为此时此刻，她需要的是共情和陪伴。

婚姻是一种亲密关系，可是很多人在婚姻里感受的是孤独和冷漠，是怨怼和疏离，没有亲密感。

怎样才能有亲密感？

敞开和接纳，才能有真正的亲密。

我知道你可以接纳我所有的情绪，不管好的还是坏的，所以在你面前我敢于敞开自己。

只有敞开和接纳，彼此的情绪和能量才是流动的，才是可以共情和互相理解的。

“看见”是敞开和接纳的第一步。

很多年前，我在学校附近的公园散步，看到一对衣衫褴褛的中年夫妇，像是外地来的农民工。两人坐在公园的草地上，女人不知为何一直泪流不止，男人环抱着她的肩，轻轻拍着她的背，女人慢慢好起来，渐渐不哭了。

夕阳暖暖地洒在他们坐的草坪上，那一刻，他们的内心一定很温暖，足以抵挡生活的冷酷和坚硬。

希望每一个婚姻中的人都可以“看见”彼此，用倾听代替评判，用拥抱代替争吵，用陪伴代替疏离。

唯有彼此“看见”，才有婚姻的温度。

婚后保持新鲜感的秘诀：成长

周末随手在朋友圈发了一段日常——

“今天老公带我出去吃饭，想吃的那家饭店排了好长的队，我们决定换一家。老公忽然想吃石锅饭，我说好啊，那就吃石锅饭。结果他犹豫了一下说：‘不行，那个地方环境不好，不合适泡妞’……”

我很快被留言轰炸了，大多数留言在说，你老公想回到过去，再体验一下热恋的感觉吗？

误会了，其实这就是我们的日常。结婚之后，我感觉比恋爱时更少冲突和吵架，更多的是稳固和亲密。

很多人对婚姻和亲密关系有误解：觉得两个人相处久了，太过熟悉对方，感情会变得平淡，是因为不再有神秘感和激情。婚姻里的柴米油盐、磕磕绊绊，会消磨两个人的激情、耐心和魅力。

很多情感专家给那些婚姻如死水般的女人支着，要找回恋爱时候的激情，要变美、变性感，更重要的是要保持神秘感，让对方有好奇心和探索欲。

用神秘感来给感情保鲜，无异于缘木求鱼。

感情保鲜的秘诀，从来不是什么神秘感，而是两个人的共同成长。

唯有成长，才是两个人的感情保持新鲜和亲密的秘诀。

为什么呢？

首先我们来看什么是亲密关系。

亲密关系其实是探索自我的过程。婚姻生活里的两个人，慢慢靠近的过程，也是逐渐剥离那个我们刻意表现出来的形象、展示真实自我的过程。

你可能一开始被对方的外表、谈吐、气质或者其他方面吸引，因为两个人还不够了解，所以对对方充满了好奇，想要了解更多。这个时候，你会没有安全感，因为你们的关系是不确定的，你也会刻意展现自己美好的那一面。这个时候的两个人，其实都是被美化过的自我。

随着了解的深入，两个人慢慢展示出更多真实的部分。这个时候有人可能会发现，对方并不是自己想象的那个样子。原来他那么多特质和性格是自己并不喜欢和无法接受的。那么 OK，dating（约会）

到此为止，两个人并不合适。

一般来讲，两个人交往超过 4 个月的时间，如果还能彼此吸引和依恋，应该就比较适合进入下一个阶段了。因为 4 个月的时间，神秘感逐渐消失，两个人已经可以“看见”那个真实的对方了。

只有两个人放下伪装和表演，在对方面前是自己最真实的样子，亲密关系才算真正开始。

但是有亲密就必然有冲突，两个人的思维不可能总在一个频道上，一个人也不可能永远对另一个人无限迁就和包容。

这个时候，感情进入磨合的阶段，最明显的特征就是会越来越频繁地吵架。

吵架会伤害感情吗?

会的。如果两个人各不相让，都不愿意成长的话。

还有一种方式，就是共同成长，会让感情越来越好，体验到真正的亲密。

什么是成长?

比如，我老公是个脾气很硬的人，我则比较矫情。恋爱的时候，一旦我们发生冲突，他会掉头就走或者一直跟我讲道理；我不接受，就会说一些狠话，会觉得他不在乎我。他觉得我不可理喻，最后两人不欢而散。

等我们情绪平复下来，回顾自己当时的情绪，开始反省：为什么会做出那样的反应？我们的反应给了对方怎样的投射？我们希望收到怎样的回应？

每一次观察和反思，然后做出改变，就是成长的过程。成长，是不断地自我探索和调整，也是理解和接纳对方的过程。两个人共同成长，是一个不断修炼爱与被爱的能力的过程。最后你会发现，你们都变成了更好的人，你们的关系也变得更加亲密了。

为什么成长可以让感情保鲜？因为每一次成长，你都会变得更好，会让对方惊喜于你的改变，惊喜于你生命层次的丰富，惊喜于你为了双方关系做出的努力。

结婚前，我老公是个有点洁癖的人，喜欢每件物品都摆放得整整齐齐。而我不喜欢收拾，房间再乱我都能过得下去。

有一次我们狠狠吵了一架。他吼我："我忍你很久了你知道吗？每次我刚收拾完你就弄乱了，弄乱也不收拾。"

我回敬他："我也忍你很久了！每次回家我都小心翼翼，不敢乱动东西，就怕弄乱了你生气。"

那次吵架，我们两个人都很伤心，吵到最后，都准备拿上身份证去离婚了。

值得庆幸的是，伤心之后，我们都反思了自己的言行：自己是不是用固有的习惯和生活方式来要求对方，却没有看到对方已经在容忍和改变了?

婚姻中的大多数矛盾，可能就是两个人都不愿意改变，却期望对方能改变来成全自己。

只有走出“舒适区”，真正接纳对方，适度调整自己，真正成长，两个人才有可能真正亲密。

婚姻的真相是，两个人之间有亲密，也就必然有对自我的部分侵蚀。

你不可能要求对方永远包容你的任性，忍耐你的脾气，只有两个人共同成长才是双赢，而不是任何一方的牺牲和成全。

一段真正高质量的感情，两个人都愿意付出和成长，必然会在时间的打磨下越来越厚重，越来越亲密。两个人相近的三观和共同的成长，才是维系你们关系最根本的东西。

所以，有时候，人生并不是只如初见，成长才是感情保持新鲜和亲密的秘诀。

幸福的婚姻，都有仪式感

一个多年的女友准备结婚，买房 + 装修 + 买家具几乎掏空了两个人所有的积蓄，因为审美和品位的不同，两人没少吵架和冷战，婚礼还没举行，两人都疲惫不堪。

女友跟我说，自己不打算挑戒指了，随便买一对婚礼上做做样子就好，反正现场没人能看出真假，婚后也未必会戴。

我建议她不要敷衍，去用心挑一对，哪怕不是什么名牌，哪怕没有镶多大钻。用心去挑选一对结婚戒指，刻上双方的名字和结婚纪念日，是专属于两个人的仪式感。

也许有一天，你在生活的鸡毛蒜皮里、在婚姻的油腻和琐碎里忽然感到疲惫，或者他让你生出失望时，你会望着窗外的白月光，陷入深刻的自我怀疑：当初的白玫瑰一朵，怎么就变成了衣服上恼人的饭粘子？

请相信，围城人生难免会有生出倦怠的时分。这时你看着手上的结婚戒指，它会提醒你当初为什么会选择嫁给这个男人，它会提醒你当初那些轻盈浪漫的日子，以及，你怎样被这个男人打动，又有过怎样“执子之手，与子偕老”的美好愿景。

后来女友挽着未婚夫的手臂去商场认认真真挑了喜欢的款式。钻石没多大，但未婚夫诚意十足，让她挑自己喜欢的，不要想着省钱。

我结婚那年也没什么钱，吕同学知道我喜欢某个牌子的钻戒，订婚仪式前把我带到中关村那家品牌店，说：“我卡里还有三万，不够的话把股票里的钱转出来。”

我只挑了一个30分的经典款，说：“等你有钱了给我换大的。”

我心里明白，我会永远珍藏那枚钻戒，因为仪式感的背后，是爱和成全。

婚姻中的仪式感到底有多重要？

黄磊做客《奇葩说》，讲起一件趣事：朋友的女儿结婚，他去参加婚礼，朋友伤感地掉了眼泪：“都说女儿是爸爸的小棉袄，没想到这么快就挂到别人家的衣柜里了。”

身为两个宝贝女儿父亲的黄磊感同身受，也哭了。他在节目里说：“我也经常幻想这个画面。但是如果有一天，那个男的跟我女儿说：没有婚礼。我就会跟我女儿说：‘不要嫁给他！连那样的一个仪式感都没有，我觉得是不对的。’”

多数女孩想要的婚礼，其实就是仪式感。

黄磊和孙莉这对 CP 一直是娱乐圈的清流，两人结婚多年仍恩爱如初，动不动就撒狗粮。2015 年，两人为纪念相识 20 周年，携爱女补办婚礼，让两个女儿见证了父母的甜蜜爱情。他是炫妻狂魔，更是名副其实的好丈夫、好父亲，下班就回家煮饭，对两个女儿的教育亲力亲为，给予了她们切实的陪伴。

我常常想，那些携手走过 20 年依然幸福的婚姻，真的就没有过龃龉、怨怼、琐碎和一地鸡毛吗？

不是的。

因为那些专属的仪式感提醒着他们感恩和珍惜，用爱、智慧和耐心，化解掉漫长而琐碎的人生里的纷繁和龃龉。

张泉灵和先生结婚多年，他们约定：如果平时先生打呼噜，张泉灵可以上客房睡；张泉灵晚回家时，可以上客房睡；但是，如果两人当天吵架了，晚上必须上同一张床睡。

这就是婚姻里专属的仪式感。它没有婚礼的盛大光鲜，却可以切实地保护婚姻，让婚姻里的两个人，在小矛盾小恩怨面前互相包容和妥协，感知到情绪背后的底色依然是爱、接纳和温暖。

因为缺乏仪式感，很多人对此都会不屑地撇嘴：婚姻哪有什么浪漫，做了父母之后，都忘记了怎么做夫妻。

我认识一个姑娘，刚升级为妈妈的前两年，她一心扑在伟大的育儿工作上，眼里心里都只有宝宝最大。

那一年的结婚纪念日，丈夫西装革履，订了高级餐厅。她却没有化妆，随便抓了件衬衫穿上。丈夫眼里的光芒顿时黯淡下去，说："请你好好打扮一下可以吗？这是我们两个人的纪念日啊！

她一开始很烦："有必要这么麻烦吗？你知道我每天有多忙多累吗？"

在丈夫的要求下，她换了长裙，涂了口红，两个人开车去全城最好的旋转餐厅吃晚餐，她还收到了一束精心定制的玫瑰。那一刻，望着窗外的熠熠星光，她忽然泪盈于睫。

婚姻里的仪式感，是一种被需要感，是将双方从家庭角色和日常事务里抽离出来，互相对视、彼此链接，重新找回爱和依恋。

那年之后，每年的纪念日，两人都会放下孩子，放下作为父母的身份，牵手去赴一个只属于他们彼此的约会。

我觉得这样的仪式感真的很棒。只有父母彼此相爱、真诚沟通的家庭，才会养育出真正快乐的、有爱滋养的孩子。

婚姻中的仪式感，让我们学会在为生活奔波、为五斗米折腰的现实人生里，依然保留一个诗意的、浪漫的远方。

我小时候很喜欢吃鱼，我妈因此和市场上卖鱼的小贩混得很熟。有一天中午我放学回家，我妈做的排骨，我吵着要吃红烧鱼。我妈无奈地给小贩打电话，结果小贩在电话那头说："不好意思啊大姐，我陪老婆过生日，今天不出摊。"

我的朋友颜酱，父母都是普通的工薪阶层。有一次妈妈想要去参加一个同学会，逛街的时候看上一件很贵的大衣，没舍得买。爸爸偷偷回去买下来，当作礼物送给妈妈，因此花掉了他半年的积蓄。看到妻子穿着那件很贵的大衣去参加同学会，爸爸很开心，他觉得应该给妻子那样的仪式感。

我们总会被这凡尘里最普普通通的人们感动。哪怕生活艰辛，在日夜劳作里忘记了抬头看月亮，却依然不愿怠慢那些特殊的时刻，那个值得陪伴和纪念的良辰和爱人。

在这份仪式感的衬托下，那些平日里的辛苦、委屈和沉重，都能得以释放和安抚。

童话里，小王子问狐狸：“仪式是什么？”

狐狸说：“它就是使某一天与其他日子不同，使某一刻与其他时刻不同。”

仪式感是对生活的重视，它提醒我们生命中重要的人和时刻，并从中感受到爱、希望和生生不息的力量。

婚姻里最大的绝望，是彼此都委屈

和燕子分别的时候，她站在暮色四合的车水马龙里，远远地向我挥手，显得那么凄惶而孤单。

我们很多年没见了。

当年，她和男朋友是学校有名的模范情侣，课业优异的优等生，学生会的风云人物。两个人出双入对，手牵手去上课，甜到发腻，分分钟虐狗的节奏。

毕业那年，男朋友背着燕子策划了好久两人的毕业旅行，我们亲眼见证了海边那场盛大的求婚。在最好的年纪遇到最好的人，如公主一样的粉红泡泡梦，一个女孩关于爱情的所有想象都得以实现。

两个人婚后的生活隔着 300 公里的距离，只能周末团聚。为了在北京买房，燕子的先生下班后还要做私活，常常忙到晚饭都顾不上吃。燕子心疼他，每到周末就坐火车去北京，钻进出租屋的厨房给他做饭。

先生工作忙，燕子平时不忍心打扰他，有什么事都尽量自己扛。怀孕十个月，她默默地一个人去医院做每一次孕检，就连生孩子，也是同事开车送她去医院。

孩子一岁那年，婆婆查出乳腺癌。燕子把孩子送到自己爸妈家，拿出所有积蓄带着婆婆去看病、做化疗。半年后，婆婆的癌症治好了，他们买房子的计划却更加遥遥无期。

为了尽快赚到更多钱，先生从大公司辞职，做起了生意。

他越来越忙，打电话的口气越来越不耐烦，两人见面的次数更是屈指可数。

好不容易团聚一次，两个人除了孩子好像没有别的话题可聊。纵然有百般柔情、千言万语，燕子也只能生生吞回到肚子里。似乎有哪儿不对劲了，也许是气氛、环境，也许是两个人的心有了隔阂与距离，再也回不到当初的亲密。

再后来，两个人一开口就是争吵。燕子委屈得嘤嘤哭泣，他好像也不在乎了，她哭她的，他自顾背过身去玩他的手机。

“你没以前那么在乎我了，我为这个家付出这么多，却是这个结果。”燕子冷言冷语地责备。

“我没有付出吗？我这么辛苦，天天忙到半夜，不也是为这个家？”先生也不相让。

两个人都很委屈，很受伤，很不开心。

燕子问我：“我们到底怎么了？明明都在为家庭付出，都想好好的，却越来越陌生，越来越容易吵架。”

我想起父母，我每次回去看他们都要做好久的心理建设，因为每次都会被他们当成情绪垃圾桶，向我倾吐很多负能量信息。

通常，我妈会一边声泪俱下地控诉我爸“自私，脾气大，一意孤行”，一边细数自己这 30 年怎么一心一意为家庭奉献，我爸、我和我弟却都不领情，她成了孤家寡人，没人在意她、心疼她。

我爸也很委屈，觉得我妈从来没有肯定过他，他不管怎么做我妈都不满意，全部都是指责、批评，他觉得自己的人生很失败。

有这样一部电视剧：妻子每天把地板擦得很干净，把丈夫的衬衫烫得一丝不苟，餐桌上永远是热腾腾的饭菜，都是丈夫爱吃的，丈夫却觉得婚姻很不幸福。他每次回到家，妻子永远在做家务，他试图让她陪自己听会儿音乐，她却指责他不帮忙拖地还捣乱。

妻子以为，把家整理得一尘不染就是对丈夫最好的爱。她不明白，丈夫需要的是陪伴，是亲密，是沟通，不是纤尘不染的地板和没有一丝褶皱的衣服。

他们对峙、争吵，彼此都觉得委屈。直到双方敞开心扉，在眼泪里拥抱和好，才发现原来自以为付出的，并不是对方想要的爱的方式。

我曾以为，没有婆媳不和、没有小三和出轨这样狗血剧情的婚姻，无论如何也不至于出现山穷水尽般的绝望，哪知道，婚姻里最大的绝望，是彼此都委屈。

是明明我付出那么多，你却不领情；

是你对我视而不见，连空气都冷冰冰；

是那个人明明在身边，心却隔着十万八千里；

是无法言说的隔阂与冷漠，说出来就都成了纷争和战火。

婚姻，走着走着就变成了责任和义务、付出和索取，不再有亲密。

什么是亲密关系？

是有情绪回应和能量流动的关系，是彼此可以被“看见”。

是我口渴了，你递给我一杯水；你心情不好，我陪你打游戏。

是我懂你的快乐和痛苦，没有评判和要求。

是我们为彼此所做的一切，都是心甘情愿、发自内心的爱，而不是因为责任或义务。

朱军曾经采访 40 岁的王子文：想找个什么样的人结婚？

王子文说：想找个随时可以聊天的。

朱军大吃一惊：很难吗？

不容易。

我想王子文所谓的“随时可以聊天”，指的就是真正的亲密。

很多人在原生家庭里没体验过亲密，所以成年后也不知道怎样和人建立亲密关系，也就是我们常说的，没有学会爱一个人。我们发展出各种策略，在心理学上叫“防御机制”，以此来求得认同感，避免被抛弃。

比如，男人们常常觉得赚更多钱，女人就会更爱自己，就像燕子先生一心扑在工作上，将其视为对家庭最大的责任和付出。

女人们通常以为更漂亮、更性感或者对男人及其家人付出更多，就不会被抛弃，就像燕子和我妈妈一样。

防御机制驱使我们在亲密关系中努力做得更好、更完美，甚至用付出来让对方觉得愧疚，以此来维系这种亲密关系。

可现实情况是，这并不是对方想要的，婚姻中真实的诉求和需要不能被“看见”，真实情感和能量的流动被阻止。

两个人都付出、都委屈，却和想要的亲密感渐行渐远。

《亲密关系》一书的作者说，“亲密比激情更稳定”。

因为经常被出轨、离婚等负面消息刷屏，很多读者说，不相信爱情，不敢结婚。

婚姻从来不是爱情的坟墓，重要的是你怎么选择和经营。

好的婚姻关系会越来越亲密，比如我很欣赏的才女傅真和她先生毛铭基，比如杨绛和钱锺书。

婚姻里最重要的不是委曲求全地付出，而是真正“看见”彼此的真实需要，建立起丰盛、流动的亲密关系。

我建议燕子和先生心平气和地谈谈，推心置腹地把心里话说出来，而不是两个人怄气、冷战，彼此心力交瘁，负重前行。

燕子第一次静下心来去听她先生真实的想法：

你需要我做什么就直接和我说，不要让我猜来猜去，免得没猜到没做好，你又和我怄气。

你不需要为家里做这么多事，如果你觉得累就不要去做；做了又抱怨，我也觉得很烦。

我不是不想哄你，也不是不在乎你的感受，只是每次都哄不好你，我不知道怎么哄你才有效，干脆就不哄了……

燕子也坦诚地跟先生说出自己的真实需要：我需要被关心和在乎的感觉，需要自己的付出被他看见并理解，而不是只忙着赚钱。

你付出越多、期待越多，就越委屈。

你抱怨越多、内疚越多，就越隔阂。

婚姻不是一场比赛，放下执念和期待，学会坦诚沟通和倾听对方诉求，在磨合中调整、适应，最终契合、共振，才能更好地携手前行。

“恐婚”是种流行病

还记得经典美剧《老友记》的开场吗——女主角 Rachel 拖着湿漉漉的婚纱，从婚礼现场逃离到咖啡馆，惊魂未定地向朋友们吐槽结婚有多可怕——

“大概在婚礼前半小时，我在礼品间里看着那个船形卤肉盘，那是个非常好看的船形卤肉盘，突然我意识到，我对这个船形卤肉盘比对 Barry（未婚夫）更有冲动！然后我吓呆了……”

这部 20 世纪 90 年代的美国情景喜剧，放在 20 年后的中国都市，竟然毫无违和感。在这个越来越魔幻的时代，“都市传奇”每天都在上演：离婚、出轨、小三、二胎、婆媳大战……“恐婚”像种流行病，越来越多单身姑娘立下 Flag（树立目标）——不想结婚，只想发财。

我的一位女友被相恋 3 年的男朋友隆重求婚，她收下那枚 1 克拉钻戒，也非常配合地回应了一个惊喜感动的表情。一个人回到家的时候，她却感觉天崩地裂、悲从中来。她清楚地明白，那种惶恐不是“胜利者”的造作。

她们真的是只爱江山，不爱美男吗?

不！多数女生并非没有渴慕过“愿得一人心，白首不相离”的古典爱情，“山无陵天地合，乃敢与君绝”的誓愿也不是假的。只是当爱情要落实到婚姻时，事情开始变得令人望而却步。因为看过那么多不幸的婚姻案例，她们真的被吓到了。她们难以说服自己，那幸福的1%，会如神迹般降临在自己身上。

“恐婚”的人，到底在害怕什么?

害怕婚姻里的伤害和不幸

多数父母婚姻不幸福、在原生家庭里没有感受过温暖的姑娘，会不同程度地“恐婚”。因为父母没有给她们树立正面范本，她们从小在父母的婚姻里感受的不是爱，而是冷漠、伤害、欺骗和暴力。早年的经验会烙印在她们的记忆深处，让她们在潜意识里抗拒不幸的轮回，以致恐惧和抗拒婚姻本身。

我的一位读者在少女时代曾目睹父亲出轨，母亲整日以泪洗面，她的整个青春期都抑郁而暴躁，如今已 30 多岁仍孑然一身，对男人和婚姻都不抱希望。

害怕被束缚，失去自由

有人说，最大的谎言就是“女人可以兼顾事业和家庭”。妈妈告诉你，女生 24~30 岁为最佳生育年龄，所以在我看来，很多对婚姻焦虑的根源其实是生育焦虑。可是，这个年纪又何尝不是学习、拼事业、看世界的最佳年龄?

为婚姻和生育承担太多，是作为女性的共同命运。更何况，比“照顾家庭，生儿育女”本身更大的束缚，可能来自“观念的束缚”。

什么叫“观念的束缚”? 在这个女性经济、精神双独立的时代，人们依然用古老的价值标准来要求和评判已婚女性: 家庭和孩子最大，你的事业、你的梦想微不足道。甚至有些丈夫要求妻子放弃工作，专心在家“相夫教子”。

这也是很多女人恐惧走进婚姻的根源——她们要为此交付出的，是整个自我。

害怕选错了人

逃婚的 Rachel 在礼品间蓦然明白，她对婚姻这种生活方式的兴趣，远远超出了对那个结婚对象的兴趣，所以她决然离开，因为那个人是不对的。

很多姑娘在“催婚”的压力下，不得不和星巴克相亲凳上捡来的男人尬聊，像无数情侣那样约会看电影，可是她们的内心是犹疑甚至抗拒的。或许那个男人没有什么问题，两个人的条件也精准匹配，七大姑八大姨也都满意，但是她仍无法下定决心走进婚姻。她害怕“为了结婚而结婚”，害怕眼前这个挑不出毛病的男人根本不是 Mr.right（真命天子）；害怕命运的安排会来得晚了些，而她那时已不是自由身。

害怕离婚

每一次明星和公众人物婚姻的离散，都会引来无数围观和唏嘘，单身姑娘则又多了一层恐惧：曾经那么登对、那么热烈圆满，如今也难逃分道扬镳的结局。婚姻太难，白头偕老的婚姻更难。

追求安稳，害怕变故，是刻在我们基因里的天然需求。

所以顾城说——

你不愿意种花，你说：“我不愿看见它，一点点凋落。”是的，为了避免结束，你避免了一切开始。

婚姻这种事，蔡澜说：“好比黑社会，其间秘密，不能向外人道。”婚姻，也的确是只有当局者，才能切身体会和了解其中况味。

你看到的，未必是真相。

你看到父母的婚姻争吵不休，甚至不惜大打出手，却没有看到他们怎样和好，耳鬓厮磨、你侬我侬。

你看到婚姻里的出轨和背叛，却没有看到双方怎样相处和互动，把关系推到这样的结果。

“恐婚”者需要明白的一个事实是：其实多数婚姻都是幸福的，只是幸福的人早已闭嘴，早已失去倾诉的欲望。而人们对于痛苦和不幸的嗜血性，更使那些狗血的婚姻悲剧得以病毒式传播。

“恐婚”者需要更新的观念是：

你是自己命运的创造者。父母的婚姻糟糕、别人的婚姻不幸，和你没有半毛钱关系。你的思维、你的观念决定了你是谁、会过什么样的生活，你完全可以超越原生家庭的轮回和局限。

婚姻不会束缚你的梦想。你只需找到那个三观相合、欣赏并支持你梦想的人结婚，就会发现，感情生活稳定会减少不必要的内耗，你会有更多的精力和时间去真正倾注在你喜欢的梦想和事业上。

婚姻需要付出和承担。比如生养孩子，比如双方适度的谦让妥协，比如照顾对方父母的义务。换种思维模式，即：你获得了安稳圆满，有所得必然要有承担。而这一切，我把它叫作“幸福的成本”。

婚姻当然有风险。但这世上任何事都有风险，我们只需做好那些可以把控的事，我选择，我承担，我负责。至于不可控因素，只能做好“愿赌服输”的准备。

最后，需要明确的是，婚姻只是一件“人生小事”，只不过意味着两个成年人决定在一起生活，对你的人生不具有颠覆性。退一万步讲，即便选错了、失去了，人生也不会毁了。

所以，你还害怕什么？你所恐惧的，正是你需要穿越的。

没有恶婆婆，只有坏老公

一位读者给我留言，控诉婆媳关系几度让她绝望、抑郁，觉得生无可恋。

这位读者刚结婚的时候，婆婆要求自己儿子上交工资卡，美其名曰担心他们乱花钱，帮他们存着；她和老公去国外海岛度蜜月，花掉几万块，婆婆知道后就大吵大闹；看到儿子给媳妇买了个名牌包包，婆婆立刻要求儿子给自己买同款。

因为她生的是女儿，生完孩子的第二天，婆婆就在病房里冷言冷语，讽刺她“肚子不争气”。她实在没忍住和婆婆吵了起来，婆婆气得离开医院。整个月子期间，婆婆都和她针锋相对，一点也不考虑到她刚生完小孩，身体和精神都很虚弱。

诸如此类的事情很多很多，在她的描述里，婆婆就是一个凶恶的魔鬼，随时随地都会对她控制、指责和刁难，她的生活乌云密布、硝烟不断，令人绝望。

她问我："为什么我会摊上这样的恶婆婆？她现在这样对我，等她老了，我是不是可以不管她？"

我认识的很多姑娘，都在声讨婆婆多么恶劣、多么奇葩、多么令人崩溃。

日光之下，并无鲜事。

但我觉得我们忽略了一个很重要的问题——所有的婆媳关系，根源其实都是夫妻关系。所以在"婆媳关系"的战争里，你的老公在哪里，他的态度又如何？

姑娘说："我老公就是孝顺啊，他不会忤逆他的妈妈，所以他的态度就是不管。我觉得他没有帮着婆婆欺负我，已经很好了。"

我一个朋友给我讲过他父母的故事。

他的父母是那个包办婚姻时代罕见的通过自由恋爱结合的夫妻。当时他父亲把他母亲领回家的时候，他奶奶气得都把桌子掀了，嫌姑娘个子又矮，家庭成分又不好，一万个不同意。

无数次大发雷霆之后，他奶奶对他父亲发出最后通牒：如果要坚持娶那个姑娘，就断绝母子关系。他父亲扑通一声跪下，给他奶奶磕了三个头，然后站起来平静地说：如果真的只能断绝关系，那就断。

就这样，一别三年。

朋友的父母结婚三年都没有见过他奶奶一面。第二年他出生，他父母抱着他去敲奶奶家的门，奶奶还是拒绝见面。到了第四年，他奶奶辗转托人带信给他父亲，特别委婉地表达了悔意。在一个薄雾的清晨，父母带着他叩开奶奶家的门，一家人才得以重归于好。

和好之后，朋友的父母经常接他奶奶到自己家小住。

住在一起期间，婆媳之间有无数的怨怼、无限的龃龉。因为奶奶一开始就没看上自己儿媳，言语之间总是带着嘲讽和刁难。

朋友说，他印象特别深的一次，是奶奶嫌母亲做的汤放多了油，气得回房间躺在床上一边咒骂一边掉眼泪。母亲赶紧去给奶奶重新做了一份，奶奶却把碗给摔了。

这个时候，朋友的父亲很认真、很严肃地对奶奶说：“妈，如果你再这样无理取闹，以后就不接你过来住了。”从此奶奶再也不敢在他家里刁难他母亲了。

所以你看，婆婆对你的态度如何，其实主要取决于你老公。

如果你老公是个无原则的妈宝、没断奶的巨婴，遇到冲突只会逃避，不懂得承担，那么婆婆就会肆无忌惮地对待你，因为她知道儿子永远会站在自己这边。

而如果你的老公是个独立、有原则、是非分明的人，他会懂得尊重和保护你，哪怕他的家人再不喜欢你，也不敢明目张胆地欺负你。

这世上没有“恶婆婆”，只有“坏老公”。

婆媳关系只是浮在水面上的冰山一角，其核心和本质在于夫妻之间相处的原则和界限。

夫妻关系的质量，决定了你会拥有什么样的婆婆。

当然我也不否认，有些婆婆无论对她多好，她都觉得儿媳妇这个身份本身就是她的眼中钉，是死对头一般的存在。这样的婆婆敬而远之就好。

但是这个时候如果老公理解你的感受，尊重你的决定，你会因为老公的体贴和关心而释放出更多内心的柔软和善意，婆婆的态度如何，你也就不会那么在意了。

婚姻是一世的修行。

所有的男人都应该懂得，妻子才是陪伴你一生的人，夫妻关系才是家庭的核心关系。

妻子的家庭地位是老公给的。如果一个女人在家里连老公的保护都得不到，只能默默忍受委屈，长此以往，整个家庭都生活在痛苦、纠缠和内耗中，只会与幸福渐行渐远。

中国女人为什么越来越敢离婚了

女明星离婚不算什么新闻了，不过诗人余秀华那桩离婚案，至今仍令人唏嘘不已。当时的媒体报道，都在“离婚”前面加了“终于”两个字。

是的，她这场离婚战打了 16 年，终于如愿以偿。

“虽然我不知道以后的生活是什么样子，但是我按照自己的心愿完成了这件事情，我不指望以后的生活可以获得幸福，我问心无愧。”余秀华在离婚后如是说。

她的父亲在接受媒体采访的时候说，离婚和成名无关，但是我觉得如果没有因《穿越大半个中国去睡你》的一夜走红，继而获得经济上的独立和精神上更大的坚定，恐怕余秀华再想离婚也很难实现。

余秀华 19 岁结婚，父母是为她的生存及长久之计考虑。在农村，失去了劳动能力的脑瘫女孩，能招到一个上门女婿是件很幸运的事，至少她还可以在父母的庇护下过生活。

我小时候在农村长大，见识过太多糟糕的婚姻。客观地说，婚姻中的两个健全的人之间因为经济上的不对等或者思想观念背道而驰，吵吵闹闹几十年甚至大打出手的随处可见，有些夫妻甚至到老了还要闹分居，根本没有什么婚姻质量可言。

农业文明统治下的中国农村，女人在婚姻里始终是弱势群体，她们大多没有独立生活能力，婚姻质量再差也会一辈子凑合下去。她们不敢离婚，因为离婚后的生活也许会更难。“离婚的女人”像是一个污名般的标签，充满了歧视的味道。在农村，舆论的力量是会杀人的。

那么城市里的境况会不会好些呢？

当女人和男人一样可以在社会上谋得一份工作，有了稳定的经济来源，就意味着有了更多的自由和独立自主的选择权。其实“结婚”“离婚”不过是个人的一种选择罢了，就像余秀华说的，幸福是什么？幸福就是按自己的意愿去生活。

但我感觉城市里女人离婚也很难。人们的婚姻观并没有比农业社会进步多少。“结婚”依旧代表着人生的圆满，而不是个人的一种自由选择。就连歌声享誉华人界的邓丽君，也因没有结婚而郁郁寡欢，没去参加好朋友林青霞的婚礼。林美人在后来的《云去云来》里写道“我本来想把花抛给她（邓丽君）的”。

被几千年农业文明孕育的价值观洗脑，女人一旦离了婚，就会自动给自己贴上“打折出售”的标签，在婚恋市场上再难获得主动权。整个社会都在用婚姻状态来评判女人自身的价值，连女人自己都默认离婚意味着人生的失败。在婚姻里是否真的幸福，并不是人们关心的；很多人毕生追求的，不过是一种表面上的圆满，再用表面的圆满来掩饰内心的破碎。

令人欣慰的是，越来越多的女人敢于正视破碎的内心。

Selina 在 S · H · E 组合里被打造成“梦幻公主”形象，她的个人生活也恰似梦幻公主般，在三个女孩里面最早结婚，爱情事业都好像开了挂。如果没有那起烧伤意外事件，她完全就是一个励志的“人生赢家”范本。

烧伤事件是她人生的一个转折点，但我觉得，她真正敢于丢掉“人生赢家”包袱的时刻，是她决定离婚的时候。敢于正视人生的不完美和婚姻生活的不快乐，真正懂得真实的感受大于一切外界评论，才能活得快乐并且像自己。我为余秀华离婚点赞，也为Selina的勇敢鼓掌。

离婚之后找到真正自我的，还有一个典型——昔日的高晓松娇妻、今天的设计师夕又米。

夕又米结婚的时候只有19岁，遇到一个有才华又可以为她人生遮风挡雨的男人，我觉得这也许是很多女孩曾经的梦想吧——只要做个漂亮、傲娇的公主就可以了，每天把自己打扮漂亮，逛逛街、做做美容、买买包。可是有一天，这个男人回到家，跟比自己小十几岁的妻子说：他感到不快乐了，他想离婚。夕又米说，她好像从一个童话世界一下掉进倾盆大雨中，浑身被淋得湿透。那个时候，她连靠自己生存的能力都还没有。

我一直关注夕又米的微博，看她设计的衣服，看她离婚后活得丰富而开阔。我一直觉得，靠自己的双手建立起来的生活才是踏实的，能自己真正去承受那些生活重负的时候，反而活得更加丰富、有趣、宽广。

我的身边也有一些离婚的女性朋友，她们自己带着孩子，虽然有很多艰难的时刻——可是谁的人生没有艰难的时刻呢？总体上还是活得比较阳光明媚的。如果在婚姻里不快乐，不如结束不快乐的状态，才有比较快乐的可能。

“结婚”和“离婚”，不过是两个成年人关于是否要共同生活的决定。

尽管还是很难，但我看到中国女人越来越敢离婚了，这是社会的进步，也是女性活得更加自由的一种表现。当越来越多的女人获得经济独立和话语权的时候，作为一个“人”的自由度才会提升，才会有对生活更多的自由选择权。

他们在婚外情里寻找什么?

看某娱乐明星谈出轨，我简直惊掉下巴——他说：“不管是谁，都会有对婚姻的背叛，哪怕是心理上的游离。”

所以你看，出轨真的没有一次、两次，只有零次和无数次。这是由一个人的人品、欲望和价值观念甚至情商所决定的，和另一半优秀与否、婚姻是否幸福无关。

那些出轨的人，他们在婚外情里寻找的到底是什么呢？请容我妄加猜测一下。

寻找性和新鲜感

这恐怕是出轨原因最多的一项吧。哪怕婚姻再幸福，和另一半再恩爱，日子久了， 也会觉得腻。就像一个人爱吃草莓味的冰激凌，他拥有草莓味的冰激凌很满足，可是他也想偶尔尝尝抹茶味、巧克力味、蓝莓味的冰激凌究竟是什么味道。

很多出轨的人都不会真的结束婚姻和婚外情人在一起。当新鲜感被满足之后，恢复理智的他们依然觉得，最爱的以及自己最合适的人，还是家里的那一位。

这类人是天生为出轨而生的，他们内心软弱而贪婪，面对欲望没有足够强大的理性、智慧和精神力量去对抗。他们的内心对婚姻也不是真正敬畏，人品真的让人不敢恭维。

寻找真爱和自由

胡因梦在自传性作品《生命的不可思议》里，坦言和一位已婚男人的婚外情——“他以为婚姻就是他的枷锁，他想一边套着这个枷锁，一边拥有个人的自由，但结果也像无数的男女一样，再怎么寻觅，和他最有缘的仍然是他的婚姻伴侣，而自我的枷锁还是套在他的头上。”

这类人还有很多。这就是典型的巨婴，人格发育不成熟，对自我缺乏认知，在并不明白自己想要什么样的感情和婚姻的情况下，就匆匆忙忙地结了婚、生了小孩。他们对婚姻感到乏味、压抑，和另一半关系疏离，只剩下责任和义务。他们以为自己在婚外情里寻找的是真爱和自由，其实不过是对压抑和束缚的一次反叛、对婚姻的一次逃离而已。

婚外情里有真爱和自由吗？所有的真爱，最终落实的形式，也逃不开婚姻这种模式。

真正成熟的人会懂得，那些给你幸福的，恰恰也是束缚你的。

寻找自我认同感

多年前，盲人民谣歌手周云蓬和绿妖分手，也是被曝男方出轨。

两人热恋的时候，周云蓬曾说，绿妖不仅是他的恋人，还是他的拐杖，他的手、眼。所以当我知道他出轨时，我的直觉是，这个男人太自卑了，他用出轨的方式来证明自己的魅力和价值。

会不会有一种出轨，就是为了追求自我的认同感？

不是只有帅的、有钱的男人才会出轨，你会发现，那些不停地寻找婚外情的，恰恰是那种又丑又穷又 low（素质低）的男人。

他们无法用主流价值观认可的钱和社会地位来证明自己，只好通过多睡一些女人来安慰自己、麻痹自己，获得对自己的认同感。

这多么可悲。

寻找失去的青春

这个世界最残酷的东西是什么？是时间。

随着肉体的衰老和精力的不济，生活越来越崩坏和失控的感觉，最最可怕。

女人都怕老，怕青春消逝、容颜不再，而男人对于永葆青春的渴望，比女人要隐秘得多。

马尔克斯的封笔之作《苦妓回忆录》中，很深刻地揭示了男人的这一隐秘渴望。

90 岁的老男人打算送自己一个 14 岁的雏妓，以此来庆祝自己的 90 岁生日。可是当他走进妓女的房间时，看到的是一个赤裸的、浑身汗光粼粼的温柔少女。老人并没有和那个女孩上床，而是宣布把自己的遗产赠送给她。鸨母宣布，女孩爱他爱得发狂，这将死的老人终于感到自己有了新的生命。

在青壮年时期，权力是男人的春药；到了中年之后，年轻的、爱慕和崇拜他们的女孩就是他们的春药。《蜗居》里的宋思明貌似很爱郭海藻，其实不过是在她身上寻找他早已失去的、永远也不会再回来的青春罢了。

寻找未实现的愿望

还有一种婚外情，寻找的是未实现的愿望。

比如，他是她的初恋，那时的他年轻、阳光、帅气，浑身散发着荷尔蒙的气息，他们享受着青春和爱情的甜美，却因种种原因，在最相信爱的年纪彼此错过，没有缘分走进婚姻。

经年之后，双方都经历了世事浮沉，他为人夫、人父，她亦嫁作他人妇。可是，有那么一个契机、一个巧合、一个缘分，使他们再次相遇了。电光石火，相遇如同一次美丽雪崩。

婚外情就是这样发生的，大多数却黯然收场。因为，离婚重新建立家庭的成本太高，也因为，那个人只有在回忆里才最美好。

他们以为追求的是真爱，其实不过是未曾实现的愿望而已。

很多婚外情的发生，确实是婚姻有问题，但是更大的问题，是人的品行、人格、观念、智慧、情商的问题。

婚外情最悲伤的地方在于，人们以为逃到婚姻外面就能找到激情、趣味、真爱、青春、自由等等一切美好的体验，但婚外情往往反馈给他们的，是同样的破碎、无聊、乏味、失望、无趣和庸俗。

一段感情或者一段关系，根本无法承载人生的全部。想要真正过得好，唯有靠改变自己。

一项调查显示，中国男人婚外情的概率已经超过10%，超出了世界平均水平，女人出轨的概率也高达4%。

我们总是目睹一个又一个“好男人”人设的明星出轨，更令人愤怒的是有些是在妻子怀孕和哺乳期间。有不少人因此为他们开脱，说这不过是男人都会犯的错。

确实，比起天灾人祸，如地震、海啸、飞机失事、死亡和癌症，出轨确实算不上什么致命的大事。但是，它给伴侣带来的伤害，往往是致命和无法弥补的，因为它意味着背叛和欺骗。

经历过另一半出轨的人，他（她）的内心世界就像经历地震和海啸一样坍塌，重新建立对感情的信任、对生活的信心很难很难，需要独自走过漫长的、黑暗的、自我救赎的路途。

经历过出轨的婚姻，对孩子将来寻找幸福、和他人建立亲密关系，其伤害和打击也是致命的。

所以，结婚的时候请擦亮眼睛；一旦进入婚姻，请不要再去寻找婚外情。

因为，对很多人来说，爱情和婚姻是他们的最高信仰。

最深的幸福感，也是从彼此深刻的联系和亲密以及稳定而高质量的婚姻关系中而来。

不要等到离婚时才醒悟

最近听了好几个女人离婚后开挂的故事，情节大同小异，无非是离开了消耗她的婚姻后痛定思痛，戒掉所有幻想和依赖，重整旗鼓，在职场上勇猛精进，在生活中勇于探索，收获了更加生机勃勃、自由又开阔的人生。

热播剧《我的前半生》亦是讲了一个中年失婚妇女的逆袭故事。马伊琍饰演的罗子君穿红着绿、张牙舞爪，市井气和大奶范儿令人反胃，和讲究姿态好看、品位一流的亦舒女郎一点也不沾边，可还是勾起我对亦舒原著的怀念和敬仰，翻出原著一口气再读一遍，还是一样的配方、原来的味道。

小说里的罗子君，少时的天真到了中年略显迟钝，被安稳无虞的婚姻和纯良的本性溺成了傻白甜。然而傻白甜的内核也是骄傲 + 拎得清的，婚变后，她选择主动去写字楼找工作，对牢打字机，赚月薪四五千却没有半点怨言。她在美孚找了房子，用丈夫给的 30 万遣散费付了首付，剩下的 22 万做银行按揭，开始供楼。

她开始交往一些鱼龙混杂的小人物，开始领略独立谋生和世俗人情的辛酸。闲暇时学陶艺，读《红楼梦》和《聊斋》，不承想激发出潜伏良久的艺术天分，后来干脆辞职做自由职业者，和陶艺班的师傅一起接订单做产品。

这还不是最大的变化。最大的改变是什么？是她从过去囿于 200 平方米的房子和美容院，不食人间烟火，连司机的车子没有恰好停在她的面前，都不得不倒回去重停的锱铢必较、作天作地，到完整体会世俗冷暖，理解每个人都有自己的局限和苦衷，终于可以宽宥别人的不完美。

在红尘里滚了滚、在自我的路途上披荆斩棘之后，罗子君还有一层更难得的领悟：原来她并没有那么爱前夫。那是年轻时的选择，未免会考虑过多的经济因素和物质条件。所以她在离婚后变得更加生机勃勃、流光溢彩，那个曾经在婚姻里占尽主动权的男人再次见到她，惊讶不已：“你怎么穿着白衬衫、牛仔裤，好像二十几岁！”他送来价值不菲的生日礼物，邀请她去山顶咖啡厅叙旧，她无动于衷，微笑着拒绝。

即便没有后来的异国奇遇，没有再婚嫁给更加优秀的男人，我也觉得离婚后的罗子君活得值回票价了。那是一个女人终于独立和清醒，活出的开阔、丰盛和自由。

改编的电视剧版当然狗血，如果人人都像亦舒女郎那样拎得清，好像也就没什么戏可看了。不过令我最耿耿于怀的是，何必总要为男人的出轨找到合理化的理由?

马伊琍重复最多的台词是，“他说过他会养我一辈子的”；贺涵和唐晶又试图告诉她，办公室恋情的起承转合是多么合情合理，其实这些都毫无意义。

我们都承认那些浓情蜜意不是假的，男人曾经的海誓山盟也是真诚的。可是时光流转，人心永远难测。男人的变心可能是没有什么道理可讲，并非你不够好，也绝非外面的妖艳贱货太有心机。它就像一场天灾人祸，变故劈面而来，你只能昂头接住。

婚姻从来不是所谓的归宿。它只是两个成年人的选择，充满不确定和变数，也潜伏着危险和诱惑。更残酷的真相是，它从来不是弱者的药，而是强者的糖。

你永远不知道变数什么时候会来。一心一意做全职太太，家庭就是唯一战场的罗子君，被圈养 13 年后成为下堂妇；职场白骨精唐晶却在事业风生水起时忽然嫁作人妇，过起生儿育女、岁月静好的下半生。

我们都要学会体面地与过去告别，爱过、伤过，也选择一个好看的姿势，开启下半场的人生。只是，女人的清醒，何苦要等到离婚?

我身边一个女友和罗子君遭遇相似，离婚的时候孩子刚满一岁，她一边当妈，一边辞掉国企安稳工作去创业，痛并快乐着，终于闪闪发光。回望过去，她所有的慨叹只有一个主题——为什么要等离婚了才有勇气做自己？

还是因为骨子里的依赖。不只是物质上的，更深重的是精神上的依赖和自我捆绑。

你以为的快乐，其实是深渊。

你以为的圆满，或许是幻象。

人啊，总是在遭受挫折和打击之后才会痛定思痛：为什么会这样？我想要的生活到底是什么样的？还有可能吗？

所以，有人在被迫转折之后走上人生另外的路途，亲自诠释“塞翁失马，焉知非福”。

我更欣赏的人生态度是，你要靠自己坚实地站在大地上，永远保持物质和精神的独立，清醒地知道自己要什么，并敢于选择，敢于承担和负责。

不要等到离婚时才醒悟：你不可能骑在另一个人的头上过一辈子，哪怕这个人再爱你。在顺境的时候，就要剥离掉一切的依赖和幻想，结结实实地靠自己的双手和智慧，去创造最丰盛自由的人生，去抵达心中最理想的那个自己。

唯有如此，才是对自己最大的善意和不辜负。

第五章

愿你永远理性正直，永远欢喜可爱

女人越理性，活得越高级

这两年，每当情绪低落、挫败感丛生、对生活和心境感到沮丧的时候，我都会打开美剧《傲骨贤妻》随便播上几集。

看女主角 Alicia（艾丽西娅）如何从混乱不堪、茫然无措的家庭主妇，变成气场强大、运筹帷幄的顶级律师；从丈夫陷入性丑闻时她挣微薄的薪水遭别墅老邻居的嘲笑，到建立自己的事业和精神王国，笑着举杯和丈夫庆祝离婚。

我喜欢 Alicia，因为她是那种真正能够掌控自己命运走向的人。

撒娇的女人最好命吗？不，真正活得高级的女人，最大的底牌就两个字——理性。

理性决定了一个女人时刻保持头脑清醒，不被他人和情绪左右；

善于从纷繁杂乱的现实情境里梳理出清晰的脉络和头绪，动用知识和策略，高效地达成目标；不管被命运推到怎样的深谷，依然有向上弹起的勇气和能力。

曾经有人问著名的投资大师查理·芒格，成功投资的秘诀是什么？他只说了两个字：理性。

成功的投资者能做出正确的决策，把握自己的命运。

把握自己命运的唯一方法，就是依靠理性。

可是现实里很多女人的困境在于，她们更容易被情绪左右，不够理性，满脑子是“我想要怎样，你应该怎样”，如果事情没有按照她们的心理预期运行，她们就会情绪失控甚至崩溃，完全没有意识到，其实所有事物和现象背后，都有其运行的规律。理性思维就是觉察情绪，找到背后深刻的心理程序，然后去化解问题。

不仅如此，《沟通的艺术》一书指出，不理性的思维包括以下七个大的方面：

希望得到所有人的赞同；

认为自己可以完美地处理好任何事情；

夸大事情发生的频率和严重性；

总认为什么什么就应该是什么样；

认为某件事一定会往糟糕的方向发展；

认为生活不是自己能够掌控的；

认为自己是引起他人感觉的唯一原因。

理性的女人，可以避开这些思维陷阱，对这个世界有更加客观、精准和全面的认知，在事业上更容易成功。她们更明智、更清醒，知道自己要什么、适合什么，所以她们的感情生活也更容易幸福。

著名才女林徽因当年曾被才子徐志摩热烈追求，他给她写炽热烫手的情书，她不是没有被他的浪漫和才华打动，而是深刻明白婚姻必须是理性的选择。她明白才子的浮夸和浪漫抵不过婚姻琐碎现实的消耗，而一段高质量婚姻，更考验男人的责任感和承担，需要两个人有共同的志趣和契合的三观。

林徽因选择了梁思成，成就了中国建筑史上一段浪漫佳话，也收获了圆满的婚姻和成就精彩的事业。

相比而言，张兆和就不够理性。

张兆和一开始并不喜欢才子沈从文，尽管他一天一封滚烫浪漫的情书、着了魔一样地热烈追求，甚至还会耍赖、下跪、寻死觅活。张兆和跑到校长胡适那里告状，胡适说："我知道沈从文顽固地爱你！"张兆和脱口而出："我顽固地不爱他。"

可是，张兆和的清醒冷静并没能持续多久，后来的后来，她还是像多数女人那样，被绵绵情话打动，被寻死觅活般的热烈求爱说服，最终嫁给了沈从文。

纵观他们的婚姻，张兆和过得并不幸福，27 岁的她就觉得自己老掉了，生活和性情都变得粗粝如砂纸，再无丝毫光华。1946 年他们便正式分居。

短暂的婚姻，感情的失衡，生活的消耗，根源其实并不复杂，不过是明知不爱一个人却被他的爱感动，面对婚姻的时候太不理性。

世俗的偏见认为，理性的女人都冷冰冰，不可爱，没女人味。

不是的。理性的女人不是不动情，而是不相信煽情；不是没有爱，而是看准了再去爱。

很多理性的女人外在反而是温柔的、性感的，就好像很多人认为写作是感性的行业，是用灵感来书写情怀，事实上，每篇稿子出来之前，老板都在反复帮我们梳理框架、结构、层次和逻辑。写作是用极度感性的方式诠释理性的心灵模式。

真正的理性思维并不是僵化和刻板，不是像机器程序一样运行，而是深刻洞察人性，分析事物背后的因果逻辑，采取最好的行动来实现自己的需求。

内心理性的女人，往往看起来非常感性。正因为她们拥有理性思维，才会明白多数人是情绪化的、感性的，她们懂得“讲道理无法解决的，一个拥抱就可以解决”。

我认识一位女性高管，有段时间她被一个棘手的问题困扰——她想让女儿拜某位国家级知名画家为师学画，好不容易托人引见，老画家却一直不答应。老画家一生见过多少名利场，对物质早已厌倦疏离，再名贵脱俗的礼物都没办法送到他心里。

后来我们两个人喝下午茶，聊起时下热播的武侠剧《射雕英雄传》，忽然想到，黄蓉是怎样说服洪七公教郭靖武功的？

每天做好吃、说好听的，不聊武功，只谈家常。

于是那位女性友人每天下了班就开车去拜访老画家，陪他喝茶、聊天、散步，风雨无阻。半年之后，老画家终于松口答应教她女儿，两人还成了很好的朋友。

你看，越是理性的女人，越明白情感的力量；越是理性的女人，越懂得用感性的方式解决问题。

昔日邓文迪找李冰冰拍戏，被几度拒绝，因为李冰冰档期总是有变。邓文迪是怎么做的呢？李冰冰去香港，邓文迪就买机票飞去香港找她；李冰冰改变行程去了台湾，邓文迪就马上飞去台湾找她。李冰冰说，如果有哪个男人像文迪姐那样追她，她一定会超级感动。

这就是理性女人的高级之处。她们会让别人觉得感动死了，其实是达到了她们自己的目标，结局是双方共赢。

理性的女人活得有弹性。她们可以享受最好的，也能承受最差的；能坐在五星级酒店喝香槟，也能挤在路边大排档里吃麻辣烫。理性的女人明白世事无常、人性叵测，所以懂得及时止损，独自消化负面情绪，把伤害值降到最低。

多数女人在婚姻中一旦遭遇丈夫出轨，要么选择原谅，心里却在反复纠缠，情绪积累到一定程度后爆发战争，在离不离婚的两难境地徘徊，蹉跎岁月；要么选择放手，却对自己进行二次伤害，彻底怀疑自己的价值和魅力，好多年一蹶不振。

理性的女人会先设置婚姻的底线，对人性的复杂不可控程度早有预估，在遭遇婚变的时候，伤心归伤心，那个叫“自我”的东西却永远不会失去。她是那种让你永远追不上的女人，而不是凄凄哀哀地拉着你的手吐槽前任有多极品的女人。

我采访过一位珠宝设计师，她就是个超理性的女人，处理婚变的方式也很高级。发现老公出轨之后，她收拾行李搬到酒店，把自己关在房间里哭了三天。哭够之后，她很冷静地问自己：失去他和接受出轨这件事，哪个更让你难过？

她发现自己还是爱他，失去他会更难过。她把老公约出来，写好离婚协议。老公是过错方，接受净身出户，只是迟迟不肯签字，苦苦请求她原谅。她一个字都没问小三是谁、两人何时开始、为何背叛自己，而是非常清醒地说：“我给你一年时间，你调整好自己，我们再来谈复合的事。”

这一年她去做什么了呢？她去健身，去学习，去更加努力地做事业、交朋友，享受生命的精彩。

后来我问她：“你就不怕你老公真的被小三拐跑了？”

她说：“怕有什么用，我可以掌控的，唯有我自己的生活和情绪。他若真爱上了别人，那就一别两宽；若一年后他依然诚恳认错，那就重新开始，绝口不提当年。你知道吗？经过那一年，我真的不再害怕了。”

理性女人的高级，是拥有极高的挫折耐受力。不管手里抓的是什么牌，她们都可以接住自己的人生，还能把失去活成另一种获得。

你的自卑感，正在杀死你

年少的时候看电视剧《东京爱情故事》，不明白完治为什么不爱赤名莉香——那个聪明美丽的、独立能干的、用情专一的、哪怕心里在流泪表面依然坚强微笑着的莉香，却喜欢那个土里土气、了无生趣的里美。

经历了一些世事之后我才明白，完治当然是爱莉香的，只是他的自卑感杀死了他的爱情。

面对莉香的精致时髦、活力与勇气时，就像面对东京这个大城市的陌生和浩瀚，从乡下小镇里走出的腼腆少年是自卑和怯懦的。而里美的土里土气，她同样的慌张和怯懦，是他熟悉的，是让他觉得可以掌控的。所以他不敢爱莉香，他们的爱情只能在遗憾里完整。

不禁唏嘘，自卑感是一个人致命的弱点，也是对别人巨大的不公平。

自卑感会杀死你的爱情，也会让你丧失生活的热情和活力，成为你人生止步不前最大的阻力。

前段时间我想找个助理，主要帮我对接品牌商家和需要转载文章的媒体。朋友介绍了几个人选，其中有个女孩是某重点大学在校生，又是新闻专业，我对她的简历很满意。可是见面之后，我发现她特别自卑，垂着脑袋，讲话细声细气，甚至表达不出一个完整的句子。

我问她：为什么想要面试这个兼职？她说，因为她什么都做不好，对未来特别迷茫，所以想认识我，在我身边向我学习怎样变得自信，如何找到自己的人生方向。

我很无语，就问她："那你有没有什么特别想做的事呢？"

她说她特别想出国留学，但是英语不好，担心自己考不过。又怕一个人去了陌生的国家会不适应，更害怕毕业了找不到工作，怕再读几年书年纪大了不好找男朋友，怕……

你看，自信的人确立了一个目标之后，剩下的就是围着这个目标不断努力，去达成心愿。而自卑的人最大的特点，就是预先设置各种各样的障碍，想象出千奇百怪的负面可能性，以打消自己做事的积极性，活在纠结、反复和自我消耗里。

人为什么有自卑感?

我收到过一些读者的来信，诉说他们的自卑：

因为我长得不好看；

因为我太胖，别人都笑话我；

因为我做什么事情都做不好；

因为我内向，不会说场面话；

因为我觉得自己很差劲……

看着他们对自己的评判和攻击，我很想拥抱他们内心那个自卑的小孩。然而，我想说，自卑的根源，其实并不是一个人的外在条件差或者拥有的比别人少，而是源于内心爱的匮乏，习惯了自我评判和攻击。

心理学家说，“我们不在爱里，就在恐惧里”。正是爱的匮乏导致恐惧，恐惧滋养着自卑感。

我的一个大学校友，人长得漂亮，家境也不错，是学校的优等生。她交过很多男朋友，每个都不到三个月就会分手。

很多人觉得是她眼光太高，太挑剔，和她深聊之后我发现，其实是因为她自卑，不敢和他人建立亲密的关系。当她发现两个人的关系要打破她内心的防御，对方将要看到她的真实存在的时候，她就选择了逃跑，所以她每一任男朋友都不超过三个月。

“我不敢让别人真正了解我，参与我真实的生活，我害怕他们会嫌弃、挑剔我，因为我并没有他们最初看到的那么美好。”

她的童年时代活在父母的挑剔和苛责里，哪怕考试考了第一名，母亲也永远在严厉地告诫她：不要骄傲，这次考了第一，不代表下次也能拿冠军。

她不敢犯错，心里早早就埋下了这样的种子：“只有我各方面都优秀，父母才会爱我。”

尽管外在条件很好，看似对爱情要求很高，实则她内心深处依然是自卑的，对得到爱早已绝望。

那么，如何消除自卑感？

心理学家武志红说：“什么叫自卑呢？自卑就是内在的小孩对获得内在父母的爱没有信心。”

如果你也被自卑感困扰，可以回溯一下自己的童年，找到自卑的真正原因，然后去打破这个魔咒，拥抱你内心的小孩。

你要学会接纳自己，真正接纳真实的自己，而不是把自己分割成优点和缺点的碎片，去攻击自己的所谓缺点。你要学会爱一个人，爱他的全部，而不是只喜欢他的优点。

也许在原生家庭里，我们没有获得父母无条件的爱，我们接受了太多的评判和苛责，我们不敢表达自己。我们的内心很匮乏，像一个无底的黑洞，成年后再多的爱也填不满，我们总是在无意识地挑剔自己。

现在你要告诉自己：那不是我的错。

真正自信的人，是内心的情感和能量可以自由表达和流动的人。

愿我们都可以成为这样的人，别让自卑感杀死你。

你努力变美，不是为了配得上谁

我的女友琳在27岁那年遭到了感情上的双重暴击。

她暗恋公司里的一个男同事，可她每次借工作机会接近和暗示，对方都无动于衷，甚至会对她疏远、厌烦；另一方面，十八线县城的七大姑八大姨正在张罗着给她介绍各种相亲男，有一次她甚至看到男方资料上写着“年龄39，离异无孩”。她哭笑不得，找妈妈申冤。妈妈说：“你都27了，条件也一般般，再过几年，连这样的也配不上了。”

“配不上？”琳把我约到咖啡馆，一边大口嚼着提拉米苏，一边向我哭诉，“我年方27，服务于世界500强企业，是自给自足的都市女白领，还读过那么多书，也见过不少大世面，无非就是没有一张‘蛇精’脸，配不上我男神也就罢了，到头来，她们竟然觉得我连秃头的离异中年男也配不上？”

我夺过她手里的蛋糕盘子，看着她乱蓬蓬的头发、脸上清晰无比的痘痘和已经明显超标的体型，告诉她——把你愤怒、抱怨、委屈和沮丧的时间和精力，都用来让自己变得更美。

琳讶然：“娜姐，你也觉得只有变得更美才能配得上更好的人吗？”

我说：“别想那么多。先去报个减肥训练班，把体重降到 100 斤；去找我做头发那家 5 号发型师给你设计一款最适合你的发型；去本城最好的皮肤科医院，治好你脸上的痘痘。”

琳照做了。

她下班后再也没空参加闺密间的八卦会，朋友圈分享的内容从鸡汤段子变成了健身房自虐照；她还认真学习了健康饮食，再也不会吃掉三块蛋糕而毫无负罪感。

一年之后，琳跳槽去了业内最好的跨国公司。

在位于东三环的新公司楼下，她神采奕奕地踩着 7 公分高跟鞋翩然而至，配着剪裁得体的职业套裙，脸上的笑容比春天的风还要暖。

我们挽着手臂去逛街，她已经瘦到了 100 斤，挑衣服的时候再不用每个牌子都试来试去地纠结，而是下手稳、准、狠，选的衣服穿到她身上就像刻着她的名字一样熨帖。

我问琳：“还觉得自己配不上你男神吗？”

琳淡然地笑：“前不久确实约过男神见面，他很吃惊我的变化。可是我发现我已经不那么喜欢他了，当然，他也没有因为我变美而爱上我，不过这已经对我构不成伤害和困惑。”

所以你看，变美的最大意义是什么？

不是终于帮你打赢了爱情这场战争，而是更爱美好的自己，更松弛、自信，爱这热气腾腾的人间。

变得更美的你会发现，对于配不配得上某人的命题，在你心里早已云淡风轻。

女孩们也许会困惑：我努力变得更美了，他还是不爱我，又有什么意思呢？

戴安娜王妃那么美，查尔斯王子还是最爱那个“又老又丑”的卡米拉；你好不容易让自己的脸和气质衬得上香奈儿的高贵精致，可是喜欢了三年的男上司转身就娶了大学刚毕业的傻白甜。

前不久我被邀请去参加一个女性沙龙，沙龙的主办方老板是个30岁的单身美女，明眸皓齿，长发如瀑，薄施粉黛，羽衣霓裳，像故事里走出来的古典美人。

我们捧着一杯清茶，在她雾气升腾、香氛缭绕的工作室里聊了好久。这才发现，每一个美好而强大的姑娘背后，都曾有过不堪回首的过去。

那一年，她发现相爱多年的男友有了出轨的迹象，第三者比她年轻貌美。她不服气，报了瑜伽班、形体课，打了玻尿酸、肉毒杆菌，衣柜全部翻新，口红新买了50支，可是依然没能改变那段感情最终走到分手的结局。

我问她："后来你怎么走出来的？"

她说，健身房里夜夜挥汗如雨，那强烈而绵长的痛苦，终于使失恋的伤痛变得不那么清晰。终于练出马甲线的那天，她看着镜子里崭新的自己，发现没有什么再能打败她。

努力变美的过程使她变得勤奋自律，这些美好品质也成就了她后来的事业。她变得很美、赚了很多钱，不开心就飞到热带的岛屿去游泳，看过富士山的雪和东京塔的白月光，也在南半球的森林里遭遇过一场似真似幻的传说，她活得更释然、更开阔而自由。

女人努力变美的过程，就是逐渐接近开阔、自由境界的过程。别质疑一个女人30岁之后还能保持身材和美貌，那不仅仅意味着她热爱生活、勤奋自律，更传达着一个重要信息：不纠结、不沉溺、不认输，把眼光和精力从关注外界转向关注自我建设和成长，活得更美、更自由，而女人越自由就会越幸福。她对幸福的理解，不再囿于一个小屋檐或者一个小团圆，她开始主动拥抱更大、更辽阔的世界。

当这个世界教女人变得更美去迎合直男主流价值审美观，以便在婚恋市场保持竞争力的时候，我只想对我的女朋友们说：你努力变美，不是为了配得上谁，而是为了活出你自己生命的精彩、丰盛和自由。你若盛开，便不会在意清风何时到来。

当然，变美会为你赢得更多的机遇、更好的入场券，但感情这种事，并不会因为你有倾世容颜，就给你颁发一个终身幸福权。

拥有好的感情需要什么呢？需要你在婚前拥有选择和判断的能力，婚后拥有经营关系的能力，以及面对变故时，处理危机、化解伤痛的能力。除此之外，还需要那么点运气。

我身边那些对变美这件事永不松懈，无论 20 岁、30 岁还是 40 岁，都对自己的脸和身材高标准严要求的女人，她们活得更自信、从容、自由，不管感情处于什么样的状态，她们都不会放弃对生命的探索和热爱。

你努力变美，不是为了配得上谁。你努力变美，整个宇宙都会接收到讯息，会吸引更美好的事情到你的身边来。不信？你试试看。

她们年薪百万，却不爱买名牌包

带小助理去出差，姑娘从头到脚全副武装，背一个仅装得下手机、口红、钥匙的香奈儿包，大红唇当仁不让，眼线也画到飞起。她踩着 bling bling 的高跟鞋，拉着印满 logo（品牌标志）的 LV 行李箱，手里还端着星巴克咖啡，在人头攒动的机场等我。

我打趣她："总裁家女儿微服视察？"

她也笑："我怯场嘛，必须贵货傍身，才能有点儿底气。"

我低头看自己的行头：从艾掌门那儿花 500 块团购来的行李箱，上面趴着一只朋友手工缝的布袋子……秒懂。

大概年龄和心境都是时差。最爱买奢侈品的阶段，是二十出头、月薪 1 万的时候吧?

背 Coach（蔻驰）已经不好意思出门了，哪怕租着房子、乘地铁上下班，在一身行头上也丝毫不能含糊。攒了半年的项目奖金，终于飞到银泰拿下那个价值 3 万块的 Gucci（古驰），刷卡的时候简直要激动得热泪盈眶。

为什么当你可以随便买件奢侈品的时候，却丧失了购买欲?

那晚我陷入沉思。

后来我想明白了，不是嫌 Celine（赛琳）的包包太重、Burberry（博柏利）的大衣千篇一律，而是当一件物品变得唾手可得，不需要你百转千回、望穿秋水时，你才会感受到，那不过是一个包、一件衣服而已。

你终于不再活得像只斗鸡，你终于可以跟自己和解。有些道理，等到真明白时，真的需要好多钱啊。

我身边一些年薪百万的少女，也偶尔会生无可恋地找我吐槽：怎么办，只对赚钱有瘾，对花钱这件事已经失去了乐趣。

这还真不是矫情。

有次女友约我吃饭庆功，她签下一个大单子，奖金至少 50 万，怎么也得买点贵的犒劳自己。吃完饭我们去逛百货公司，衣服、鞋子、包包、化妆品、数码产品看了个遍，却丝毫提不起购买欲。最后就花70块钱买了冰激凌，两个人开心得像个白痴。

有什么好买的呢?

年薪百万的女人真的什么都不缺，她们柜子里的衣服够穿20年，包包、首饰细软拿去二手店卖掉，足够换辆不错的轿跑。

不过，我也很负责任地从百万年薪女郎身上发现了一个共性：不管她们爱买包还是爱买车、爱旅行还是爱厨房、做高级金领还是自主创业，比起月薪一两万的普通姑娘，她们拥有的最大奢侈品，是可以活得更加从容优雅。

这种从容优雅，不是穿高定套装戴着圆礼帽喝下午茶，不是出差可以住行政套间坐头等舱，也不是父慈子孝的家庭圆满，而是“不慌张”。

这种“不慌张”，就好比《我的前半生》里的罗子君，作为全职太太，得知丈夫出轨时，她觉得天都塌了；而经历过人生浮沉和职场挣扎，当她被迫从调研公司辞职时，作为职业女性的她，却感觉“从未有过这样骄傲”，因为她“知道自己有什么，可以做什么”。

那是一种靠自己的双脚坚实地站在大地上的感觉。有自给自足的能力，所以不怕天地变。

这种“不慌张”，也是一种掌控感。

你真正掌控了人生这条船的航向，不囿于世俗成见，他人的价值观也无法影响到你。你想做什么、想去哪里，梦想就真的能照进现实了。

在美国做软件开发的 Linda 小姐有天告诉我，她房贷还得差不多了，只想带着心爱的相机去全世界最美的地方旅行。她穿了件冲锋衣、一双 800 块钱买的 Nike（耐克）旅游鞋就出发了，相机和镜头却花掉十几万。她把每年 20 天的带薪假期都献给了路途：“这大概就是我努力赚钱的意义。”

我最喜欢的 K 姑娘从大学毕业就“没好好上过一天班”。从一开始被奚落嘲笑，到后来“曲线救国”筹集到 80 万开始一个创业项目，她 25 岁赚到人生第一桶金，然后去欧洲念了自己喜欢的艺术，如今做着喜欢的事，还能“吃着火锅唱着歌就把钱赚了”。她妈妈再也不催她“找个正经工作，结个靠谱的婚”。

我的朋友 S 是一枚又美又浪又快乐的单亲妈妈，我问她“年薪百万是怎样一种体验”时，她沉默好久，只说了句：“如果是 5 年前月薪 1 万块的我，大概是不敢离婚的。”她独自带孩子生活，白天做老板，晚上做老妈，暑假飞到南半球去潜水，“自由得心都要飞起来了”。

这种“不慌张”，是真正见识过大场面，追逐过灯红酒绿的表面浮华，终于沉下来，跟生活好好和解。

她们或许不再醉心名牌，对生活品质却从未放低要求。

她们去进口超市买有机食品，护肤品更看重成分、功效而不是牌子，注重健康和身材管理，每个月花重金上私教课，令她们尖叫的数字是体脂率。

她们给父母买全套保险，带他们去香港做贵死人的体检。

她们的浪漫不是收到限量版，而是坐船去看梵·高的画展。

她们更乐意投资自己的思维和智慧，每个月飞到另一个城市上课不是什么稀奇的事，她们深信，脑袋比胸更性感。

不害怕、不慌张，可以主动掌控自己的人生，活得更自由一点，大概才是姑娘们努力赚年薪百万的意义。

因为，金钱能够带来最大的好处就是：自由。

当年薪十万的女孩还在买名牌的时候，年薪百万的小姐姐们早已盯着股票期货账户，或者投资房产，或者投资一两个小公司的股权。她们对奢侈品如数家珍，但不会再谈论它们。

她们可能早已摒弃掉浮夸张扬的Gucci，拎一只看不出牌子的包，穿更低调的TOD'S（托德斯）和Brunello Cucinelli（布内罗·古奇拉利，来自意大利的世界顶级奢侈品牌）。

百万年薪女孩们的饭局，话题可能会围绕着商业、政治、投资、教育，也可能只是聊聊星辰大海、诗与远方。

她们唯独不会问彼此：“你这个包限量版哎，新买的吗？”

你的美貌就是你的能力

一个姑娘说，她刚结束一场大型国企的面试，对手都是985、211名校的硕士，她一个二本毕业的小透明，瞬间被秒成渣渣。

另一个姑娘淡定地讲，她大学毕业也去面试国企一个工程师的职位，同样面临名校高学历竞争者。面试官问她有什么优势，她说："我长得好看。"其实当时没抱什么希望，没想到竟然PK掉很多研究生和有工作经验的人，被录用了。

想起电影《女人不坏》里的经典桥段，张雨绮问老板："你到底看中我的能力还是美貌？"老板悠悠地回答她："你的美貌就是你的能力。"

我不禁思索：为什么连不需要抛头露面的工作，好看的人都会有更好的运气?

美貌本身只负责赏心悦目。可是一个人的美貌背后折射的，是她对人生的热爱，是严苛的自律，是不放低标准，不将就、不凑合的精神。

只有热爱生活的人才会热爱工作，只有对自己的外貌高要求的人，才会对其他事情有着高标准、严要求。

勤奋和自律，更是职场上不可或缺的竞争力。

美国的一位导游说过，从一个人的身材和容貌就可以区分穷人和富人。富人一般都很瘦，因为他们更勤奋、工作时间更长；他们更自律，吃低热量的健康食物，坚持健身和运动。

我有一位忘年交老姐姐，她没有读过大学，20 多岁才从农村来到城市，租住在阴暗潮湿、散发着贫穷气息的筒子楼，和人共用厨房卫生间。可是，就在那样的环境里，她依然很爱美、爱生活，像一棵妖娆的植物，从泥泞里开出花来。

她每天清晨把热水烧开了放凉再洗脸，在能力范围内买最好的护肤品，夏天出门一定要打遮阳伞，自己设计衣服的款式，买布料到裁缝店做衣服。

筒子楼里没什么秘密。大家都在排队用厨房、排队打水，习惯了衣着邋遢、愁眉苦脸。他们说起她，用的绰号是“穿成那样的女人”。

“穿成那样的女人”不久就离开了筒子楼。因为拼命工作，赚的薪水越来越多，她租了更好的小区公寓，后来又买了房子，一路像开了挂一样，做到某个集团的销售总监。三十多岁的时候拿着百万年薪，满世界飞。

如今她四十多岁，依然爱美，品位一流。

木心在《论美貌》里说过：“别的表情等待反应，例如悲哀等待怜悯，威严等待慑服，滑稽等待嬉笑。唯美貌无为，无目的，使人没有特定的反应义务的挂念，就不由自主被吸引，其实就是被感动。”

感动催生希望。

所以美是有能量的。它会让一个人在艰难贫困的人生境遇里，依然保有乐观、希望和进取心。

前阵子我被琐事困扰，常常陷入沮丧和悲观的情绪。照镜子时吓了自己一跳：目光呆滞，黑眼圈越来越明显，皮肤粗糙，下巴上冒了几颗痘。

我赶紧去美容院求救，连给我做美容的小姑娘都小心翼翼地问：“娜姐，你最近是不是太累了？”

我的心沉了一下。过去她们和我打招呼是这样的：“娜姐你穿这个风衣真好看”，“娜姐你看起来像95后”。

做完脸，捧着一杯洛神花茶跟其他顾客闲聊，听着她们讲平时怎么护肤、怎么搭配衣服，房间里仙乐飘飘、花香缭绕，我的心情居然莫名好起来。

回到家，我翻出很久不用的香水和口红，镜子里的人明亮起来，我也终于打起精神，去处理那些无法回避的纷繁。

我写过很多关于美的故事——失恋的姑娘跑去健身房挥汗如雨，更加深刻绵长的痛苦终于击败了失去爱人的内心崩塌感，她练出傲人的身材和马甲线，在日复一日的自我较量中，获得继续前行的力量。

而我自己经历被美好的自己拯救，才有了更深的领悟：如果没有美，生活只会展露出最粗陋不堪的一面，你会掉下去，陷入情绪的深渊，生无可恋。

哭完了，悲伤过了，我们还是要穿上高跟鞋，擦好口红，美美地去战斗啊。

不知道你有没有这样的发现：高中时候那些美女校花，到了30岁大多成了庸俗妇人，她们在人群里不再有辨识度，不再闪光；而那些30岁美得清奇、有味道的女人，通常十几二十岁的时候并不是美人，甚至非常普通。

老了就更神奇了，那些慈眉善目、面貌讨人喜欢的老太太，大多内心善良、举止优雅、谈吐有趣，而庸俗、粗鄙的老人，常常面目可憎。

30岁之后，一个人好不好看，基因的力量越来越微弱。经得起岁月的美，蕴含了一个人的德行、内涵、学识、能力等等精神方面的优秀。

读研究生的时候，我和新疆某油田合作一个项目，经常要去现场出差。有一次我拿着一堆资料找某个所长签字。敲开所长的办公室，我不禁呆了一下：女领导一袭紫色西服裙，化着精致的妆，眉眼间都是笑意。她已经 50 岁了，却依然美得摄人心魄。

工作后，见识过很多优秀的女企业家、女领导，都是保持着纤细的身材，举手投足散发着魅力，自带闪光灯效果；听她们谈话，更是被卓越的见识和才华叹服。

20 岁时长得好看是运气，30 岁、40 岁、50 岁依然好看，是本事。

我很喜欢看美剧，有一个原因是，美剧里的女人哪怕已经 80 岁了也会擦口红，坦然自若地去店里试高跟鞋，自信地接受赞美。美、自信、新鲜、热情，这些美好的词汇不会因为她们不再年轻，就取消她们拥有的资格。

《庄子》里讲，“天地有大美而不言”。美，是这个世界最大的爱和善意。

我想一直好看下去。

自己挣面包的姑娘，迟早会和爱情相遇

在咖啡馆写作时，听到隔壁桌两个年轻的男生的谈话。一个好像失恋了，愤愤地说："不合适？什么叫不合适？是不是我把几百万现金往她面前一拍就合适了！"

世道真是大变，张爱玲曾经慨叹："女人在一起，谈论的是男人，念的是男人，怨的是男人。"如今姑娘们都在潇洒地赚钱、买衫、旅行和享受生活，换成男人怨念女人和感情了。

很多男人没有明白的是，他们和姑娘之间最大的"不合适"并不是金钱和物质，这已经不是那个有钱就能收买女人的旧时代了，这一点，真是叫人拍手称快。

我身边的姑娘们也确实越来越“不急”，不急于像妈妈那样，早早进入婚姻，生儿育女、买菜煮饭，守牢丈夫和家庭。30岁未婚就是“剩女”？No，你太out了，她们说40岁的人生才刚刚开始。

当“独立”成为女人的勋章，她们在职场杀伐征战，挣着面包看着世界，不亦乐乎；她们享受着锦绣年华、大好人生，爱情不过是锦上添花。

还记得2016年5月20日那天，最火爆的新闻莫过于林心如和霍建华公开了恋情，这对高颜值CP真是虐得一手好狗。听到有情人终成眷属的消息，我一点也不惊讶，即使没有霍建华，林心如也会有另外一个良人相伴。

很喜欢的奶茶刘若英为单身公主代言了那么多年，唱歌、拍影视剧、写书，和某导演的绯闻沸沸扬扬好多年。连她自己都在某次演唱会上黯然唏嘘：“我可能真的嫁不出去了。”可是结果呢，她结婚、生子、享受家庭生活，一样也没落下。

还有舒淇，和冯德伦结婚之前总被媒体写成感情里的可怜loser（失败者），动辄就拿八百年前的黑历史分析其情路坎坷的原因。我却始终相信，这些独立耀眼的女明星和那些自己挣面包的姑娘一样，不仅活得漂亮精彩，她们也迟早会和爱情相遇。

我们的社会向来对女人不那么友好，尤其是对非常成功的女性。

主流的价值观对成功女性有这样一种人设——女人越成功，爱情和婚姻越难幸福。

这种价值观毫无逻辑，却吓退了很多本来有梦想和才华、很想在事业上有所建树的姑娘。

看过一部电视剧，名字不记得了，讲的是大龄男女青年相亲的故事。里面有一位事业非常成功的女医生， 三十多岁，非常享受职业带给自己的成就和快乐，无意组建家庭。可是周围人都觉得她是怪胎，所以她逼着自己去相亲。

男主角被她深深吸引，可是她每一次约会都像赴刑场，要做很久的心理建设。最后她实在忍受不了，就跟男主角坦白。男主角说："也许每个女人都以为自己需要一双鞋子，如果你觉得光着脚跑更尽兴、更快乐，那你就光着脚！你不必再在意别人穿什么鞋子。"

这部电视剧让我明白，不是每个女人都向往家庭生活，婚姻和家庭并不是衡量一个女人幸福和成功的标准。有些女人不结婚，并不是因为她的事业很成功，而是因为她不想结婚。

为什么舆论总是给事业成功的女性"婚姻难以幸福"的人设？我觉得这其实也是男权社会的一种阴谋。他们制造这种舆论，好让姑娘们乖乖围着男人和厨房打转。一旦拥有了事业、眼界和社会资源，只有傻子才会任男人摆布呢！

面包和爱情哪个重要？这是个千古谜题。对于那些自己挣面包的女孩来说，这根本就是个伪命题，它根本不是一道选择题。只有那些想通过婚姻获得一张长期饭票的女人才会辗转难寐，纠结要不要为了面包而放弃爱情。

面包我可以自己挣，你给我爱情就好。当女人可以潇洒地在社会上有立足之地，甚至开始追求自我价值的实现，对男人其实也是一种解放。他们不必再自设牢笼，一边宣扬女孩不必辛苦赚钱，找个人嫁了就好，一边又对姑娘们的物质和现实痛心疾首、愤愤难平。

自己挣面包的姑娘，总是更迷人。她们的性感，不仅来自美好肉体散发的荷尔蒙让人迷幻，更来源于因才华而生的优雅气质，因历练而生的强大气场，因智慧而生的淡定从容和吸引力……这样的她们，总是让人如沐春风。

世人总以为，男人取得了成就和社会地位，就可以以此抬高身价，自带光环，赢得年轻漂亮姑娘的青睐，使其为之倾倒。殊不知，实力巅峰无雌雄，女人攀爬到事业顶峰的时候，同样对年轻异性有着致命的吸引力，也许是一种光环，也许是实际的利益。你不得不承认，这样的女人是迷人的，让人无法抗拒。

作家铁凝年轻的时候，有一次去看望冰心。冰心问她有没有找男朋友，她说没有。然后冰心奶奶说了句特鸡汤的话：“你不要找，你要等。”结果铁凝等到 50 岁，终于把自己嫁了出去。

如果她不是铁凝呢？如果她不是著名的女作家，而是一介普通的市井妇人呢？恐怕就没有那样的好运了。

当 62 岁的婚纱女王牵手 27 岁的世界冠军小鲜肉男友时，不少人为之唏嘘，朋友圈也纷纷转发评论：别着急，也许你男朋友还在上幼儿园呢。

如果你觉得这只是运气问题，如果你认为一个普通姑娘也有可能幸运地和小自己十几二十岁的男生恋爱，未免太傻太天真。

姑娘们总是过分高估年轻漂亮的价值，却低估了一个女人在事业上和能力方面的建树，总想趁年轻的时候套牢一个男人，顺便占有爱情之外的附加物，从此高枕无忧。殊不知，你侬我侬的爱情故事往往演变成事故。你原本找一个男人是为了给你遮风挡雨，却不知后来的风雨大都是他带给你的。

女人只有自己去挣面包，才能在追求爱情的时候不被那些附加值所迷惑。你的初心有多纯粹、能力有多强大，才能拥有多纯粹的感情。

你还以为女人过了25岁就开始贬值了吗？林心如们告诉你：40岁，精彩的人生才刚刚开始。

而我也不再怀疑，那些自己挣面包的姑娘，迟早会和期待的爱情相遇。

最遗憾的是，你们并非输给爱情

我的一位挚友堪称钻石单身汉：美国顶尖大学博士毕业，500 强企业高管，精通英语法语，人又长得帅，182cm 的身高在人群里永远那么挺拔醒目。每年的生日，他都要许同一个愿望——祝我能爱上一个人。

想要跟他约会的姑娘从北京排到纽约。他也不是什么好人，深夜寂寞时，夜店里带个顺眼的妞回家的事也干过；也曾天雷地火，在旅途中的陌生国度，对着高山湖泊，那一个灵魂刚好懂得。可是，他悠悠地说："我好像有亲密关系恐惧症。"

爱情当然是容易的，只要心动就好。雪崩般遇见，你会把有关浪漫的电影都往他身上投射一遍，而他的存在就足以惊醒你所有的感觉。

难的，是关系的维系。

有这样一个观点：追求“爱情”和追求“关系”，完全是两种不同的诉求和能力。太漂亮或太优秀的人，多半不擅长维系深度关系。

关系，当然意味着放弃一部分自我，意味着付出和妥协，意味着冲突以及面对冲突时的勇气和化解难题的智慧。这个过程，我们称之为磨合——打碎自我，重塑的，是“我们”。

健康而深刻的关系，还意味着完全的信任和依恋，意味着你百分百交付自己，也因此赋予了对方伤害你和羞辱你的权利。

都市精英最怕的是什么?

不是寂寞，寂寞如影随形，他们早已适应。他们最怕的，是失控。

正如《我的前半生》里的职场精英唐晶和贺涵，他们亦师亦友亦恋人，携手纵横职场江湖，看起来无比登对、势均力敌。可是，他们在一起十年，却无法修成正果，下半生陪在身旁的并不是当初那个。为什么呢?

唐晶，初出茅庐被贺涵赏识，他栽培她、欣赏她，她是他最得意的作品，也是他最默契的恋人。

贺涵，商界精英，理性而傲娇，拥有自成一派的体系和逻辑。可是他也狡猾，在工作中的不择手段，给了唐晶感情上极大的不安全感。

起初，她是围绕他身旁的一颗行星；后来，她也成了他，两人有彼此各自运行的轨迹。

他们的关系，充满了试探、较量、制衡。

所以你会看到——

本来都要一起过夜了，却因为贺涵私自见了一个客户，两个人不欢而散。而唐晶下了车后，就站在路边给那个客户打电话。

贺涵求婚，唐晶的第一反应不是甜蜜，而是洞察他背后的动机和逻辑。她不相信贺涵和她结婚仅仅是出于感情，一定是有别的原因。

贺涵为了让唐晶相信自己是在乎她的，故意放水泄密。而唐晶看到文件的第一反应就是不顾一切地阻止客户跟贺涵签约。事后，他们的对白是这样的：

“对不起，我当时只想到时间来不及了。”

“你完全没有做错。抛开我们之间的人情，为达目的，不问来者。”

他们真的在乎那一个大客户，或者那几百万吗？不，他们只是怕输，怕自己在感情里失控。

唐晶交往新的男生，贺涵一盘鱼子酱拍在那人脸上，却不肯承认自己有多伤心。直到她远走香港，他独自买醉，却始终仰着骄傲的头，不肯说一句“你留下来”。

多么遗憾，他们并非输给了爱情，而是败给了各自的骄傲、自尊、掌控感，一段势均力敌的关系，变成了针锋相对、互不相让的死局。

“不敢依赖、不敢袒露脆弱”，成了都市男女的流行病。

都市冷漠，世道从来艰难，所以他们披上厚重的盔甲，将自己修炼成金刚不破之身。

唐晶赢了卡曼的单子，贺涵买来上好的金枪鱼为她庆祝。唐晶吃着吃着，眼泪汹涌，仓皇地跑了出去。她对子君说：“你知道贺涵为什么请我吃这顿饭吗？他想告诉我没事的，我们依然可以一起吃吃喝喝，还是朋友。但我们也只是朋友了。”

我的一个女友，有一次坐城际高铁到邻城看望她的男友。那天她很点背，在火车站大衣被划破，还丢了钱包。她哭着打电话给我，说不去了，正在赶回来的路上。“我不想因为心情不好而影响他，更不想让他看到我这么狼狈。”

当电视剧还在教育姑娘不要依附男人的时候，我却看到都市里另一番真实景象：她们太过独立，忘记了柔软和适度依恋。她们早已学会优雅转身，微笑离去，却只把眼泪留给自己。

我的一位 20 岁小读者问我：月入 10 万的女孩们是不是都不屑于恋爱结婚了？

可是我身边那么多漂亮独立又有钱的姑娘，看 1000 块钱一小时的心理医生，花几千块去占卜，只是为了得到一个心理安慰——他还会回来吗？

她们在人前永远不会失态。她们怕输掉姿态，输掉身价。因为大家都觉得，这年头，为情所困真的太丢人了。

为什么我们在感情里不敢失控，不敢依恋，不敢袒露自己的脆弱？

因为害怕变数，害怕伤害。

一个人在面对可能的伤害的时候，会在心里长出一层厚厚的壳，心理学上叫“防御机制”，用来保护我们不受伤害。在原生家庭里没有感受过温暖和爱的人，心里的防御机制会更重，他们习惯了伪装和逃跑，这样才能最大限度地避免受伤。

而亲密关系是什么？不是永远在对方面前保持最美好的形象，而是打破心里那层壳，真正认识和了解对方，真正的链接也才能发生。

而这一切都要建立在信任和依恋的基础上，需要你非常勇敢，敢于袒露自己的期待和脆弱，不害怕受伤。当那层保护壳碎掉的时候，才能找到真正的自己，也才能看到这段关系最真实的样子。

我们需要独立吗？当然。可是亲密和温暖也是刻在我们灵魂里的天然需求。只有建立在互相信任和依恋上的独立，才是真正的独立。终其一生，我们追逐的，无非是爱和自由。

就像亦舒在《喜宝》里所说：“外表再强硬的人也渴望被爱。早晨的阳光淡淡地照在爱人的脸上，足以抵得钻石黄金……”

很多时候，最遗憾的是，我们并非输给了爱情。

最后的最后，才发现，关系里那个最大的敌人，其实是我们自己。

做女王还是怨妇，都是你自己允许的

我们一起上瑜伽课的姑娘们建了个群，闲来无事，会在群里聊聊天。

就在昨晚，群主拉黑了一个姑娘。原因无他——她太“怨妇”了。她每个群友都加为好友，喋喋不休地控诉自己的老公多渣、公公婆婆多奇葩。

刚开始还有人安慰她，后来每个人都不胜其烦。因为她翻来覆去都是些车轱辘话，给她的建议她根本视而不见，却在一遍遍地控诉完血泪史之后，问：“你说我该怎么办？”

怎么办？我越来越觉得，一个成年人，你选择了用怎样的心态去生活，不管是选择做女王还是做怨妇，都是你自己允许的。

怨妇的思维模式是——我过得不好，都是别人的错。

她不敢做自己人生的主人，却期待别人为她的人生负责。

更可怕的是，她会将自己囚禁在受害者的角色里，沉溺于顾影自怜的情绪里，获得道德方面的优越感。

“你永远叫不醒一个装睡的人”，因为装睡太轻松了，做个怨妇多容易啊，只需要动动嘴、洒几把热泪，就能赚到同情，自己都会被自己感动。

做女王，则意味着你要为自己的人生负责。遇人不淑，那个人是你自己选择的，与其抱怨他渣，还不如反思自己的瞎。

谁没有被伤害过，谁又曾永远是一帆风顺的?

选择做女王的姑娘，会让自己从自怨自艾的情绪里抽离，冷静、客观、理性地面对现状，然后接受它。因为它是自己选择的结果或者无法改变的客观事实，所以愿赌服输，我认。然后走出心理的舒适区，去反思、去成长、去改变。人生从而走向更加明媚开阔的境地，也才能有机会柳暗花明。

很多姑娘看到一个人过得好，第一感觉是“她真的太幸运了”。

真的只是运气好而已吗?

大 S 当初和汪小菲闪婚，多少人等着看她笑话；婚后不久又有传闻，强势婆婆等着抱孙，向来素食的大 S 当着婆婆面喝下鸡汤补身。

网友嘲笑其懦弱，在夫家毫无地位。现在大家都知道了，大 S 已经儿女双全，和老公感情甜蜜如初，近期又宣布复出，依然气场强大，妖娆而铿锵。

在我看来，运气好只是事物的表象，背后的运行规律离不开一个人的智慧、情商、眼界、价值观的总和。大 S 从来都是把自己当女王，是一个主动掌控着人生航向的人。

一个人成年之后，很多事情都是可以主动选择的。

我认识的一个姑娘在贫穷和暴力中长大，从小目睹父亲酗酒、家暴、出轨，母亲的懦弱、眼泪和满身伤痕，每一天都像是生活在噩梦中。

她大概是最有资格成为问题少女 + 怨妇、将原生家庭的不幸轮回下去的人。但是她没有，她甚至比多数女孩都活得好。

她靠打工赚到大学的学费，后来又去法国留学、工作，把妈妈也接到国外生活。现在她已经结婚有了孩子，先生特别欣赏她的乐观和独立，一家人生活得很幸福。

抱怨是低成本的、廉价的，也是最无用、无聊和无趣的。

当你把眼光投射到外部世界，你看到的每个人、每桩事，都是有瑕疵、有问题的——社会对你不公，父母没有给你充满爱和自由的童年，老公没有按你期待的方式对你，孩子不像别人家的孩子那样乖巧懂事……

然后呢？

如果你只顾沉浸在怨恨的情绪里，而不是积极思考和行动起来，事情只会向更糟糕的方向发展，甚至会帮助你实现你当初的怨念。

这绝不是耸人听闻。

澳大利亚一名电视工作者朗达·拜恩曾出版过一本风靡全球的畅销书《秘密》，其中讲述的核心观点就是“吸引力法则”——心中所想之事越强烈，就越容易实现。

一个习惯了开启怨妇模式的人，久而久之，她的容貌也会发生变化，她的思维模式和行为机制也会固化。她会越来越偏执、暴戾、消沉，将生活中所有的不如意都怪罪于他人；自己躲在思维定势的牢笼里，局限于认知的沟壑中，变得面目可憎，众人疏远之。

她只会吸引到和她一样的怨妇，获得短暂的安慰和麻痹。

而那些能够自我承担、自我成长的姑娘，会修炼成气场强大的女王，她拥有正向的观念、开阔的眼界和多元包容的价值观，自然能够吸引到和她一样美好的人和事物。

所以她们看起来会更幸运，会有更多的贵人相助，也会有更多的机遇降临在她们身上。

其实这背后的因果，根源在于一个人自己的选择。

你是自己人生的主人，无论你的生活正在经历什么，记住：别做怨妇，做女王——

我面对，我接受；我选择，我负责。

然后，披荆斩棘，去抵达你向往的星辰与大海。

谁也没有比谁更幸福

小 S 转战内地综艺的时候，我朋友非非马写过一篇文章讲小 S 的中年危机："她的眼底和肢体语言，透着深深的、深深的倦意。她完全，不享受她的工作。"

今年已经 40+ 的大小 S，在风云流变、新人辈出的残酷娱乐圈，能够持续红了二十多年，如今依然活跃在一线，一举一动都能上头条新闻，不能不说是个奇迹。

她们贡献着新鲜的娱乐话题，也不可避免地被人比较：谁更漂亮，谁更幸福？

可能全世界都觉得，大 S 比小 S 更幸福吧？

大 S 上《幸福三重奏》，她和汪小菲之间的互动被当成教科书级的案例，在情感自媒体上传播。

而这些年，围绕着小 S 的婚姻，人们从她的只言片语里纷纷猜测她老公出轨了，她被家暴了，她为什么还不离婚？

那些深夜里的素颜自拍视频，那些带着倦意和幽怨的碎碎念，让人揪心。

我有时候也会想，为什么从事业到婚姻，大 S 都比小 S 更清醒坚韧，将主动权牢牢掌握在自己手里？

直到看了汪小菲的《生于 1981》这本书，我对幸福这件事，又有了新的认知。

印象很深的一个细节是：大 S 和汪小菲结婚 3 年没有小孩，大 S 好不容易怀孕了，却不敢第一时间告诉汪小菲，而是自己偷偷跑去医院检查。

汪小菲在书里这样描写："她说，其实就在小鸟飞来那天晚上，她想起自己好像有一阵没来月事了，就拿试纸测了一下，发现竟然怀上了！但她怕情况不稳，不敢跟我说，自己瞒了一个月，直到不久前偷偷去找医生检查，确认胎儿很健康时，才告诉我这个好消息。"

类似这样的细节还有很多。

比如说他们办婚礼，大 S 一直强调，那天在后海请几个朋友吃饭，不就是婚礼吗？汪小菲觉得这个女孩太特别，坚持要给她一个盛大的婚礼：草坪、大海、婚纱，亲朋好友的祝福。

他们的闪婚，在当年招致很多的猜测与非议，而汪小菲是后来才知道，原来大 S 是那么红的女明星，原来大 S 自己根本不想兴师动众办婚礼，只是为了满足他的愿望才这么做。

我以前觉得，大 S 对自己够狠，她聪明坚韧，目标明确，从一个资质平平的女孩一步步变美、变有钱、变幸福，她亲手缔造了自己的事业版图和家庭圆满。可是读了这本书之后，我恍然明白，谁又比谁更幸福呢？

她们看起来如此不同，骨子里却是同一种人。她们对家庭的观念如此保守，就是想要一份俗世的圆满，为了这份圆满，她们所有的苦都咽下，所有的难也都扛得住。

可这不也是人生的常态吗？

小 S 失态地哭过，她将倦意写在脸上，她的委屈和恐惧都那么真实。你会叹息，也会深深懂得。

大 S 为了生孩子，从鬼门关走过。她依然骄傲地说：不要为我担心，请祝福我好吗？

我好像开始懂了，可能大 S 就是个没有办法袒露自己的人，她会觉得不安全。独自消化所有情绪，那些委屈、担忧、忐忑、恐惧，她不是没有，只是无法和旁人分享，哪怕在爱人面前，她依然不会完全放任自我。

我无法想象那种至深的孤独，也越来越觉得，“幸福”和你拥有什么、你的感情状态、生活的表象都无关。所以，我不再去比较她们谁更幸福，也不再去羡慕别人的人生。

谁不是一头栽进自己的命运里，天人交战，有时苦苦纠结，有时又豁然开朗，体验着各自的酸甜苦辣，各人有各人的天赋和局限。

往更深里探究，在这个缥缈流动、瞬息万变的世界里，只要活着，就永远会有恐惧、有迷惘、有悲伤，有千头万绪扯不断的纷扰。

谁又能真的依傍什么呢?

就连“幸福”这个词也变得越来越玄幻。

看过这世间各种形式的苦之后，懂得了生命的无常和终将消逝之后，我更想向内探索，而不是向外征讨。我更在意内心的真实感受，而不是外在的名利幻觉。

最近这一年，我都在学习跟自己的恐惧相处——对健康的恐惧，对金钱的恐惧。

是的，当很多人跟我说，其实你可以做得更好、飞得更高，我都是知道的，知道我错失了多少机会，也明白我迟迟不肯迈步，是因为内心有着至深的恐惧。

我必须真正打破恐惧，才能往前走一步。

没有人真的能够从另一个人身上寻找到答案、意义，或者依靠。我们都必须在黑暗里独自前行，经历一些世事、获得一些领悟，然后选择一条道路。

也没有人能够拒绝真实的快乐。

我相信不管大小 S 还是普通的你我，那些幸福快乐的高光时刻都不是假的，我们在那一瞬真实地笑着、开心着；可是生活更多的时光是平淡无奇，甚至琐碎无聊、麻烦重重、压力山大……这并不妨碍我们热爱生活，跟世界周旋，同自我和解。

人生有千百种模样，你领取的是属于自己的那一份。

我们都在种瓜得瓜，我们也终将殊途同归。

谁也没有比谁更幸福。

我再不羡慕巴黎女人了

对巴黎女人，全世界的姑娘好像都抱着观摩学习的态度。她们优雅、时尚、自我、洒脱，风情万种，简直活成了女人梦想中的样子。

去巴黎之前，我看了伍迪·艾伦主演的一部电影《午夜巴黎》，巴黎真是谜一样流光溢彩的城市，似乎随时都会有浪漫的奇遇。

巴黎风尚圈四位女神写过一本书——《做优雅的巴黎女人》，前言中写道，做巴黎女人这一艺术真谛是“我们有条理又混乱，自豪又自嘲，忠实又反叛”，这种描述让巴黎女人充满了矛盾而神秘的气质。

当我漫步在巴黎街头，不管是在塞纳河畔还是老佛爷百货，抑或是街边的露天咖啡馆，心里涌起的最强烈的声音却是：全世界的大城市都一样，嘈杂、混乱、自由，行色匆匆。

这里的女人又有什么不同呢？人群里，时髦精致的面孔是极少数，大多数人身材不够完美，衣着也实在普通，跟时尚没有半毛钱关系。

她们共同的特点是冬天爱穿丝袜，不管是年轻女孩还是上了年纪的老太太，羽绒服或者大衣下面都是光着腿穿双丝袜，在阴雨天的黄昏瑟瑟发抖。

巴黎女人爱抽烟是真的，爱抱怨也是真的。常常可以看到写字楼下年轻女孩手里一杯咖啡一根烟，聚在一起聊天。八卦和吐槽是全世界人民的最爱，根本就没有什么不同。法国人看到油价上涨几毛钱就能罢工示威游行，上班间隙出来抽根烟抱怨一下老板又有什么奇怪的。

都说巴黎女人不爱买名牌包，对时尚有着自己的独特见解。确实，在奢侈品柜台前疯狂买买买的多半是亚洲女人，可是你能说买一个名牌包就是虚荣吗？我对大牌无感，可是我会在工作业绩达到一个目标的时候买个包或者买件首饰纪念一下。

巴黎确实太好买东西了，随便逛进一家店，都会发现设计别致的小玩意儿：一对耳环、一块毯子，抑或是一个杯子。

我在春天百货看上了一把铁壶，翻了下底部的标签，却是 Made in China（中国制造）。一想到要把那么沉的铁壶背回国，我又笑着放了回去，瞬间觉得还是回来逛某宝最爽。其实北京也有很多设计师品牌店，可我根本不会去逛。

巴黎女人未必都优雅，但是普遍比较开心，脸上的表情大多写着无所谓。

国内的小女孩谈个恋爱可能都会暗地里比较男朋友的身家、送了自己什么礼物、带自己去了什么昂贵餐厅……巴黎的年轻女孩买杯2欧元的咖啡，配上几片从超市买的面包，就能跟男友在公园约会一下午。

她们中有些人可能孩子已经很大了，却还没有结婚，和男朋友保持各自独立的财务和社交；结婚多年的夫妻在超市结账还要AA，这都没什么大惊小怪的。

法国男人浪漫，可是他们对你说的情话，可能转身就会跟另一个女人再说一遍。巴黎女人在两性关系里，好像也保持了一种准备随时抽身离开的洒脱。

巴黎女人慵懒，不只体现在着装风格上，更烙印在了性格里。在巴黎买冰激凌，年轻店员帮我挖了一个球，然后跟旁边的朋友眉飞色舞地聊好久，再帮我挖第二个球。我已经急得冒烟了，可她们的口头禅还是“慢慢来”。

刚到欧洲的时候，我挺羡慕蓝领都能那么开心，现在我明白了，这种无所谓里面，其实也有面对阶层固化的无奈和出离。她们是真的想得不那么长远，而且也很难跨越阶层，所以就干脆活在当下，享受生活中的小确幸。

稍微有钱点的中产阶级，年轻的时候可能也曾穷困潦倒。巴黎女人年纪越大，穿名牌货、用名牌包的越多。在餐厅、咖啡馆里，披着名牌羊绒围巾，用着香奈儿爱马仕包包，穿着一看就价格不菲的精致大衣的，大都是上了年纪的老太太，据说街上开跑车的也大多是老年人。

很多人羡慕欧洲的福利，生孩子可以拿政府的补贴。可是高福利是用高税收支撑的，法国的税尤其重，金领阶层大半收入都用来缴税了。羊毛出在羊身上，从来就没有免费的午餐。

你会为了一个月几百块的补贴去生孩子吗？你只是很想平衡工作和家庭的关系，可是这个世界上根本就没有什么真正的平衡之道，有的只是取舍。

文字和影像里的巴黎女人，是加了滤镜的诗意远方。

电影《革命之路》里，女主角因为不堪忍受平庸的工作和日渐疲惫的婚姻生活，想到了年轻时候丈夫向她描绘过的如梦似幻的巴黎，于是她决定放弃原来的城市和生活，全家搬到巴黎去。

巴黎是最绚烂的梦想，也是最天真的执念。她以为搬到巴黎就可以拯救自己的人生，却不料将自己和丈夫推向了更痛苦的深渊。

“巴黎女人”是一个绚烂的标签、一个凛然的神话、一种遥不可及的生活方式，也是一种精心设计过的、成功营销的风尚。

生活的真相是什么呢?

生活在哪里都一样。不一样的是你怎么去生活。

我不再羡慕巴黎女人了。

优雅、独立、潇洒、自由，这些美好的词汇不是天生就属于巴黎女人的，也不是所有生活在巴黎的女人都过着金子般的美好生活。

结束了欧洲旅行，我在朋友圈写道：我更喜欢自己的人生。

是的，无论你在哪里生活，只要努力活成自己喜欢的样子，就是最好的生活。

多赚钱，相信爱，美下去

（1）

我 30 岁离开体制，从石油工程师转行自由写作，算是跨了一个很大的界。很多读者问我：你哪里来的那么大勇气？

其实这不是勇气的故事，而是跟技能、眼光和趋势有关。

每一年都有新的风口诞生，从 O2O 到内容创业，再到小程序，最后到区块链，每一年也都会有无数人怀着一腔孤勇辞职创业。

但是你不能看到风起了就去追，看到什么行业赚钱就一窝蜂地拥上去。要想清楚这些问题：我擅长做什么？我喜欢做什么？这个行业的趋势如何？如果失败，我能担起怎样的代价？

要知道，我不是在辞职的时候才开始写作，更不是在公众号红利期才瞄准了内容创业。写作的习惯和阅读的积累，是我从小学一年级就已经深深扎进的一场热爱。在公众号诞生之前，我就已经读了上千本书，在日记本 QQ 空间博客里写了十几年。

辞职的时候，我业余写作的收入已经是工资的两三倍了，而且我看到了未来上升的空间很宽阔。所以，看似勇敢的抉择，其实需要的还是客观、理性、自我认知和能力的支撑。

前阵子我去北京广播电台做节目，主持人跟我聊起我读研究生时开网店的往事，我几乎都忘了。

我从 2007 年就开始关注互联网行业。那时候我在南京郊区的一个研究院上班，工作内容是把地震测井资料拿来分析，看看哪里可以打预探井找到石油。但是我在工作之余关注的却是互联网，是电商行业。

那时候有家店一款牛仔裤 30 天卖掉上万条，我粗略估算一下利润，被震惊到了。我觉得互联网很神奇，而且我发现它很契合我擅长的两件事：一是审美，二是文字。

所以，我读书和工作的那些年一直都“不务正业”，我业余兼职的收入一直都高于工资。更重要的是，基于这样的探索，我一刻也没有停止学习，不断拓展自己认知的边界，对新事物抱着好奇而不是排斥的心理。

我曾看到过一个段子，“存款不到一千万的人，兴趣爱好都应该是赚钱”。

我一直鼓励女孩子要多赚钱，把看肥皂剧、抱怨老公和婆婆的时间拿来提升自己，多赚点钱。在赚钱的过程中，你会形成正向的思维模式，会主动去解决问题，成就感和幸福感也会爆棚。

我也曾对钱有过焦虑。

在自媒体这个圈子，很多比我年龄小太多的人都已经年入几百万、上千万，完全不去做对比是不可能的，但一对比我就会焦虑，就会心理不平衡。

但是我慢慢化解了自己的焦虑：那是别人的节奏，不是我的。把窥视别人的时间用来自我精进，专注本身就是一种巨大的能量。

每个人的起点、天赋、能力各不相同，找到一条适合自己的赛道，一路跑下去。每天进步一点点，就是属于自己的成功和荣耀。

（2）

我 29 岁结婚。在结婚前也相过无数次亲，见识过各路奇葩男。结婚后，也经历过痛苦的磨合、绝望的争吵，也有过离婚的念头。可我依然想告诉你，要相信爱。

不管你结不结婚，只有真正相信和给予爱，才能感受到爱的滋养、内心的熨帖温暖，才能把亲密关系往健康积极的方向引领。

别在垃圾堆里挑男人，别把感动当作爱，别把人品不当回事。

当你理顺了自己，才能遇到那个对的人。

如果你发现自己爱的是同一类人，而那类人又总是让你伤心。这时候不妨平静下来审视自己，你爱的或许只是自己缺失的感情。亲密关系就像一面镜子，让最真实的自己无所遁形。

没有什么所谓失败，所有经历都是收获。重要的是，在经历里看清自己、理顺自己，用对的自己去遇见对的人。

婚姻里，不要做角色预设，“看见”真实的对方很重要。

我们脑子里有太多的规则，如果把这些条条框框带到婚姻里，它就会像一把利刃，让那些鸡毛蒜皮变成伤人的利器，更可怕的是，让我们变成自己最讨厌的那种人。

结婚第二年，我试着转变视角，把脑子里“丈夫该做什么”彻底抹去，把他当作“室友”，看见他的需求，倾听他的真实想法，不提前做预设。我发现自己没那么急躁和抓狂了，当我们之间有冲突时，我可以耐心地听他讲话，不再急吼吼地去证明我是对的，不再怀疑“你是不是不在乎我”。

我们更加轻松地相处，对彼此没有角色期待，也就不会给对方捆绑设限。结婚并没有让我失去独立和事业，稳定的家庭反而能让我更加心无旁骛地追求自己的梦想。

独立女性并不意味着刀枪不入、茕茕孑立，别被鸡汤骗了，别羞愧于自己对稳定关系的渴望，也别害怕袒露脆弱。只有丢掉那层自我保护的壳、丢掉虚假的自恋时，才能和另一个人进行真实的链接。

去和另一个人真实地链接，去勇敢地拥抱爱吧，爱会滋养你、回馈你。

（3）

美是女人的终身事业，但别有执念，不是瘦成电线杆、削成锥子脸才叫美。看几十年前香港女明星的照片，会让人很有感触，高级美就是有自己独特的气质和风骨。美是要好好做自己，而不是活成别人的复制版。

说到美，我更想说的其实是健康和自我。

31 岁这年，生活开始向我展示它残酷的一面。

我妈紧急住院动手术，我们开车赶了 1000 公里回到安徽，在医院守了两个礼拜。我忽然意识到，父母逐渐老去，他们会生病，会需要人照顾，而我们必须拥有健康的身体和充足的资金，以防备万一。

我也查出了甲状腺问题，激素水平还没有调整到正常，又意外怀孕了。我执意要留下孩子，却没能侥幸逃过，孩子染色体出了问题，

5 个多月时做了引产，我身心受到极大伤害。

所有的意外猝不及防地涌来，你会发现，没有什么比健康平安更重要。

躺在手术台上时，我对很多事情都逐渐释然。人生并不长，年轻健康、可以肆意挥洒的日子也就那些。

这一年，我调整了价值排序，身体健康大于家庭大于事业。不要以牺牲健康为代价，去获取任何东西，别侥幸，别轻视。

对于美，我现在固守最朴素的观念，不熬夜，不吃垃圾食物，保持健身习惯，定期做体检，给自己买保险，保持自律和警醒。在此基础上，才是护肤、化妆、买衫。

我不完美，但我努力活得真实和自由，活出自我，不枉此生。